文芸社セレクション

名を名乗れ

甲本 麻梨

JN061761

文芸社

目次

まえがき

私は、高校生活も終わるという時、突然、進路の一つに〝看護婦（師）〟を入れました。他は、さておき、何故？　なのかと言えば、今から考えると浅はかな、愚かな、何もそこまで、と思う発想だけれど、私の中では一大問題でした。

文中にも登場する、〝ヒッケ〟（甲州弁で「引っ込み思案」「内気」「人見知り」等の意味）が、山脈の如く私の前に立ちはだかっていました。――それに、私は夢見る夢子さんだったのです。

あれこれ考えました。その第一に、（飛躍しますが）結婚しても、お隣の奥さんと挨拶が出来るか？――絶対に、話をしなければならない職業って何？――夢のようなことを1秒たりとも考えずに、向き合える仕事って何？――私の中の私と、真逆の道って？

ナースキャップが浮かびました。

小3の頃、腎炎で3～4ヶ月入院した経験が囁きかけたのか、夢見る夢子さんが1秒たりとも入り込む隙のない――「看護師しかないッ」との答らしき答に至ったのでした。

一番、苦手なものを目指すことになりました。18歳ながらも、並大抵の苦労では済まない――苦労は、承知の上と、自分に言い聞かせました。

悲愴な決意の一方、他のことは我慢できるのではないか、等、一人合点しておりました。

そうして、私の人生は始まったのです。幸いにも、いつの間にか高齢者の仲間入り。

ただ、気持ちは、思い切り若く18歳と唱えて、恥多き毎日を過ごしております。

――一応の人生経験から、去来する心に残った出来事――私にしてみれば〝事件〟をいくつか拾ってみた次第です。

18歳の選択肢の一つ、小さい頃からの夢だった「絵（油絵）」を、子育て後にやり、そして今回の表紙カバーの〝はだか〟になりました。――「名を名乗れ」と「はだか」って、どういう関係？　ちんぷんかんぷんに思われるでしょうが、繋がっております。

文字通り、自由で、〝そのまんま〟の姿と、偽らざる〝そのまんま〟の、「ことば」とは、全ての作品に通底しております。


この度、人生初の「本」を出させて頂くにあたり、編成企画部の「岡林　夏」様には、私が、尻込みするところを、〝読んだ人が元気になるから〟と、背中を押してくださいました。編集の方には、右も左もわかりませんところを、手取り足取りお導きいただき、頼らせていただきました。

おふたりには、お礼の申し上げようもございません。ただただ、感謝あるのみです。

名を名乗れ

どんよりした日であった。

絵画教室の先生の油絵展に顔を出し、空を気にしながら、帰り道を急いでいた。

視界にＪＲの文字を認め、小さな声をもらす。

県境にかかる高架下。高架下とは名ばかりの押しつぶさんばかりの天井の低さ。それに加えて轟々たる音、もんどり打つ波。そんなデザインを構築したものは、恐らく、その深い川のコーナーと睨んでいる。音響効果を高められた水は、嘲笑いながら流れ去る。

事は、その川に程近い曲がり角で繰り広げられたのである。

足許の短い雑草だけが、緑と言えば緑だけの味気ない道端に、その娘《こ》はいた。長い髪をそっくり裏返して、しゃがみ込み、泣いている様子。ン？

一寸離れた所から物を言っている男。

そう背の高くはない中年男。見た加減、父娘には見えない。

その脇を通らなければならない私は、まっ直ぐ歩を進める。

待てよ、これって声掛けなきゃいけないシチュエーション？

私には娘はいないけど、容易ならざる光景に映る。今、始まった風には見えないだけでなく、駅近くだというのに人の姿がない。

ああ、帰るのに2時間近くかかる。誰か居ないのォ？　誰か来て〜〜〜

夢の中のようだ。

間を置かず、後ろ向きのまま、衿首を掴まれ引き戻された感覚に襲われた。トットット。

その男には頓着せず、泣いている女の子に声を掛けた。声を掛けてしまっていた。

「大丈夫？」女の子に返事はなく、ただ小刻みに泣いている。セーラー服の大きな衿

は、何を言おうとしているのか・・・・・

「ね、もう立って。お母さんが心配するから、お家に帰ろうおッ。」

黙って成り行きを見ていたらしい男が、口を開いた。「・・・もう、心配掛けとんやァ。ええ～、（語尾が上がってる）親に電話掛けなあな。電話してもええんか？」

と脅し口調。私、？？？

女の子は、裏返しの髪の中から「お母さんには、絶対、電話しないでーーッ、お母さんには絶対電話しないで～～」と、泣きじゃくりながら、繰り返し男に哀願する。

轟々たる川音も、その声に、一瞬、気を取られたかのようだった――。

何故、こんなことになっているのか見当も付かずも、男が、イ・ジ・メ・テ・いる。

苛めているに相違は無い！

そう軸足を変えた私は、そのネチネチ男に向き直った、ところまではよいが、うまい言葉が咄嗟に見つかる訳もなく、ただただ、「泣いているじゃあ、ありませんか、

泣いているじゃあ、ありませんか、」と、食って掛かる他はなかった。

・・・私と男は、しばしの沈黙。

ややあって、男は胸の内をまさぐり始めた。何をしているのか？

何やら取り出したものは四角に折られた紙だ。ちょっと、ためらうような仕草を見せながら開いたかと思うと、私の目の前にヌッと出す。なあんだ紙かと、一瞬笑ってしまいそうになりかけた、ホッとしたのも束の間、それを見て、息が止まるかと思った。

だしぬけに、何でこんなもん見せつけるんだよ!!

私は、見知らぬ男に、こんなもの見せつけられて、全身が恥ずかしさで、思考停止してしまった。

それは、いくつものコマになったもので、男と女がハダカで絡み合っている写真だ。

え〜っ、どういうこと？　何で、こんなもの出してくるの？

その男、戸惑っている私を楽しむ気配を含んで「よ〜く、見て、よ〜く見て。この女は、30男と、こういうことやってるんだよ。30男とだよ。だから、親に連絡しないといけないんだよ。まだ、中学生だよ。」

と、その男は、寝て起きたような頭のまま、眉を片方上げ、同じ側の土気色の頬をゆがませる。口角もだらしなく上がってゆく。

私は、訳がわからなくなって、それでも、

「それでも、泣いているじゃありませんか。」

芸の無いことに、闇雲に繰り返すしかなかった。こちらが泣きたいくらい。

その乏しい頭の中に、ポッと点いた灯。

そう、交番は？　どこ？　と口の中で噛み砕いた。私の表情に何かを見たのか？

唐突に、男が言い放った！

「名を名乗れっ!!」


何と？　訊き返したいくらいだ。

どういう回線で？　女の身である、ただの主婦のこの私に？――だ。

えっ、マズイ展開？　何？　それって映画の中の台詞でしょ。

大変なことになった。

足が震えてもよさそうなのに、そうはならなかった。

私は、正しいのだから――と。

私の論理で、正義のバイアス？　が言わせる？　いや違う。――先に言いたくなかっただけのこと――


「そっちこそ、先に名乗れっ。」

ああ言うてもうた・・・
一介の、大人しい、ごく普通の市民が・・・
気が小さいはずのオバさんである私が・・・
小さい時から内気であり、大人になっても、「内気」「人見知り」「恥ずかしがり」
「引っ込み思案」等々。これらを、ひっくるめて甲州弁では「ひっけ」という。
私は、名刺代わりに標榜しているくらいだ。
その「ひっけ」の仔猫が、ライオンに？
まずいことに、その男は、こんな仔猫に、

「俺は、大川だッ!!」

名乗ったばっかりに、仔猫も啖呵を切った手前、返さなければならないハメに。

弱ったなあと思いつつ偽名の発想もチラとはかすめてみるものの、えーッ、何て名前がいいのォ？　咄嗟のウソもつけず。

いや、この場面でついたらイケナイ・・・等と、粗忽者を地で行く、短い逡巡もそこそこに、え〜い、面倒だ！


「甲本だあ！」


と、威勢よくやってしまった。

人生で初めて「ひっけ」が啖呵を切った。人は、緊急事態で頭の良し悪しが出てしまうのか。

もう次は、映画の様にチャンチャンバラバラ、ドンパチになるに違いない。

覚悟。

脳裡に青タンの瞼や、ひしゃげた顎が見えた。心の目を瞑る。

川のうねり狂う轟音も、仲間となって、「ヤレヤレ〜イッ」と囃し立てる。
・・・・・・・・
「アン？」心の片目を開けると、案に反して男は、地面に目を落とし、急に大人しくなっている。これも訳がわからない事の一つ。

戦意喪失の私。大川の変化が読めぬ。


――その時――

どこから現れたのか、ヌーッと女が出現。その女は、ぞろりとした長衣の袖に、両方から手を突っ込んだまま、柳の木のように、ただ、いきさつを見ている。女には眉が無かった。


女の子は相変らず同じ格好で泣いている。大川は、問わず語りを始めた。

「12月には裁判が待ってる。」

えっ？　裁判って、あの裁判？　人を殺めたのか？

何てこと！　一体、何を言い出すつもりか。

よく考えれば人を殺めた人間が、こんなところにいる訳はないのに。この女と何か一芝居打っているのかもしれない？

ウウン、わからない。心の中で頭を振る。

と、「民事裁判が・・・」と大川。

お～お～おとよろけそうになる。面喰らうよ。

そうか、民事が待っているのか。

そろそろ引き揚げ時かな？

・・・・・
それにしても、この間にも女の子は逃げられるのに。何故、逃げぬ？　逃げてよ。逃げない？　逃げられないの？

女が初めて、口をきいた。

「面倒みるから。」

女が、もう、行きなと言っているのか、本当に面倒みるのかッ！

ああ、私は何も出来なかった。ＪＲの駅近なのに人も通りやしない。助け舟も無い中で万事休す。

長居をしたな。

助け舟も来ない、この運の悪さって私に運が無いのか、この女の子に運がないのか？

ああ、女の子を待ち受けている運命というものがあるとしたら、どんなことがあっても頑張ってもらいたい。

頑張って!!

女の子のセーラーの肩に手をのせ、

「頑張るんだよ！　どんなことがあっても頑張るんだよ！　頑張るんだよ！」

女の子が返事をするまで、私も頑張った。

——女の子は、髪を裏返したまま、頷いた——最後まで顔は見せなかった・・・・私は思った。いつか、いろいろわかる年齢になったら、この時のお節介オバサンを思い出してほしい。

——心の中では、涙が、そのままザーザー降る雨となって胸を塞ぐ——ポツリポツリと淋しげな雨が、乾いた土に吸い込まれていった。

家路に就き、事の顛末を夫に告げたところ、「お前ッ、あの辺りはヤ〇〇も近付かない大変な所だぞ。」

「(不思議と) 恐くなかったもん。」と、口を突がらせ言い返しながら——眉の無い、女の方が恐かった——

現在《いま》は、あのザラついた道の雑草など、忘れてしまえと言わんばかりの、かわいい花壇がすまし顔で座っている。席取りゲームに勝ったのか。

あの乾いた面影は探しようもない。
消えた。
十年経った今でも、あの眉の無い女は何故か恐い。
足の方から、ジンジンと迫《せ》り上がってくる。
懲・り・ず・に・恐・い
・・・・・
それにしても・・・・・

酔っぱらいを酔わせた一言

最後尾の車両に、それが待ち受けているとも知らず私は、下りの各駅に乗った。
目線は車内の立つ人間をサッと数えたところで、それを目撃。男が倒れている。
スワッ、大変！　男のズボンの股間辺りがぬれている。失禁しているのだ。
車内を見渡す。皆、何事もないようにスマホを見ている。どうしたものか？
ホントは知っているんでしょう？
誰か、何とかしてェ。そこの20代！
心で呼び掛ける。押し黙る押し黙る。
誰も彼もが、誰かがアクションを起こすのを待っている。
男はいつから、そうしているのだろ？

この場において、私は、新参者だもん。

ドアに貼り付いて、目の端でそれとなく男の様子を観察。

初秋とはいえ、転がっている床は冷たかろ。失禁しているなら、尚更だ。

席は埋まっている。この男を座らせてやろうと思う客はいなさそうだ。

いたとしても、機を逸したのかもしれないし。殊更に、拘わらぬよう決め込んで背を丸めている者。うすく目を閉じている者。

もし、大変な事態だとしたら？

このまま、放ってはおけない・・・・

この狭い空間で、今、この男の一番近いところにいるのは客観的にみて、この私？追い込まれてゆく。

行・動・に・移・さ・な・きゃ・な・ら・な・い・で・す・か・・・・・トホホ
意を決して、すぐ傍の端っこに座っている若者に、言い放った。

「そこ、空けて下さいッ。」その若者は、玩具、バネ仕掛けの生き残りゲーム「ジャンプ海賊樽」よろしく飛び退いた。既に私は男の腕を取り半分ひきずっていた。ひきずるひきずる。

床は平面のはずなのに、坂道を砂袋でも引っぱり上げるようだ。

その若者が、手伝ってくれたであろうに、今となっては、そこのとこが思い出せない。

ドサッと座らせることが出来た。

他に、手を貸す者はいなかった。

それもそのはず、暗い灰色の汚れた上下。

作業服のようだ。オシッコでぬれたズボンなんだから。

ハァー。

何か、私、一人が責任？　を負った瞬間だ。

まあ、とにかく、座らせたんだから責任の一端は果たせたよね。てな気分で、外の景色を見ながら、タテ棒の手すりに掴まり、チラチラと男の様子をうかがう。

ヤレヤレと肩の荷をおろした。

なのに、男がしゃべりかけてきた。

しゃべれるのか？

男は、礼を言う訳でもなく。ヤメテェー。

こっちの思惑など、てんで解せず、始まった。

「あね《金》が〜ねえけろ《ど》、いせ《店》ェ2・3軒ん〜あ《は》しごしてェ、けえる《帰》どご《こ》なんだァ。」

もう、全くゥ。「待ってる人がいるんでしょ。」

「けえっ《帰》だっで《て》、だあれもいねえんだァ。いと《ひとり》ぐあ《暮ら》し。」

私「・・・・・・」

「さみしいもんだぁよ。さみしいもんだよ。」

同情しながらも思った。大人しくしていてよ。話しかけられたら返さなきゃならないでしょ。だらだらと、やり取りをこなしながら、早く降車駅が来ないかなあ。

あと、どれ位付き合えばいいの？

まだ続く。「まい《毎》いち《日》、一升のむんだァ。」

一升ものむのか！　男の生活が見えた気がする。

咄嗟に、ある歌手が歌うフレーズが浮かんだ。

「お酒は2合までですよ！」

すると、ブレーキを踏んだように空気の揺り戻しがあった。にわかに洟をすすって
「そんなこと、言ってくれる人はいないよ。初めて言われただよォ・・・・・」

「本当に2合までですよ！」

「わかった。やってみる。2合か・・・やってみるよ」

言葉も、はっきりしてきている。

けっこう素直じゃん。ホントにやってくれよ。ああ、いいことしたんだな私。と、チョッピリ自己満足していると、次の瞬間、
何を血迷うたか、男の次の言葉で、車内の空気が、どよよんと動いた。

「雅子様のようだ。」（皇太子妃の時代である）ハア？　何と突拍子も無いことを言う！

言うに事欠いて何てこと言うの!?

雅子様、ごめんなさい。

耳目を集めただろうその言葉に、パァーと視線が、力を持って届いた。と、同時に「なあんだ、おばさんじゃん。」と第二波が届く。

私としては最大限の親切心を出したばっかりに、とんでもない赤っ恥を食らってしまった。

一刻も早く降りたい。

皆の目の底に、この顛末を、ｋｅｅｐされないことを祈るばかりだ。

ハー、幸いにも、やっと降車駅に近付く。

一呼吸。余裕が出たのか、一寸心配だが、親切心の続きとをひきずって、又、車内の耳と目にも、決別を告げる為にも、最後の、カーテンコールの無い演技を自分に課すのだ！

男の目を見て、「降りる駅、わかってますね。ちゃんと降りるんですよ!!」

ちょっと、無理無理、声高に言って、まっ直ぐ降りた。

哲学する天丼

あまりの運のなさに泣けた。

私は、1日掛かりの大学病院を終え、他にも二、三用事をこなし、帰途に就いた。あたりは夕闇に包まれ始めていた。千葉方面の各駅に揺られる。ホッとして、一度に空腹だけが、全身を支配する。この分では、夕飯をこれから用意することはおろか、出直して食べることなど到底出来そうにない。

私は、〝てんやま〟の天丼が口に合う。フランチャイズ店だから助かる。どこで食べても満足。値段も主婦には手頃だ。

〝てんやま〟の天丼目指してまっしぐら。

降車駅のエレベーターを降りた。

もう、目と鼻の先。駅併設のレストラン街へ。もつれそうになる足を宥めながら数歩ゆくと、女性の路上生活者が、十二単衣さながら幾重にも着込んで、その黒衣も長く引き摺っている。帰りを急ぐ年末の往来を、壁の一寸した出っ張りに身体を預け、その女《ひと》は、ただ、笑っているようにも、あきらめの表情を浮かべているようにも見えた。

私は、一瞬、意識を取られたが、空腹の鳩尾の辺りを押さえ、すり抜けるように飛んでいた。

温かい天丼にありつき、ホッとすると、その女《ひと》のことが思われた。

私は、今、出来立ての熱々の天丼を頂き、これも又、熱々のみそ汁にお茶。

それにセルフの漬物を多めに取り、代わる代わる頬張る。

そうだ、親鸞様なら、どうなさる？

このところ、興味を持ち始めた人間くさい親鸞聖人の、アニメ映画の髭面のお姿が過った。・・・など、取りとめもなくぼんやりしながら箸を運ぶ。エビ・カボチャの鼻をくすぐる胡麻油の香りを楽しんでいた。

あの場所に居たということは、食べるものを待っているのと同じだ。

私の帰る方向とは反対だが、簡便に食べられ、時間が経ってからでも食べられるパンはどうか？　そこのスーパーのパン屋さんのやわらかいパン。

それとも、お金の方がいいのかもしれないかしら？　それというのも、小3位の時、田舎の実家でのこと、父も母も留守で、祖母と留守番をしていた時、腹を空かせていたと思しき男が、玄関前で、言葉は発せず、「ちょうだい」の手をした。祖母は、急ぎお勝手で大きな塩おむすびを一つ握り、差し出すと、やはり無言でおむすびにチラと目をくれ、その目を祖母に戻すと、そのまま首を短く振った。そして人差し指と親指で丸を作った。祖母は「ない」と申し訳なさそうに言うと、おむすびも受け取らず、蝙蝠のように去って行った。昔のこととて、祖母はお金までは一存でゆかぬかったのかもしれない。こんなことを思い出したのだ。

その女《ひと》は、その今、頂いているあったかい海老の天丼など久しく食べたことはないだろう。そうだ!!　あったかいものだ!

そう決めて、途中箸を置き、スタッフの方に、

「まだ、食べてる途中だけど、ウインドウのお弁当（見本）見てみたい。」

頷くのを見て、外にまわった。

10円高くて、さつま芋の入っているものがある。「あっ、これいいな。」でも、よくよく見ると、海老が無いのである。さし入れするにはやっぱり海老じゃなくっちゃあと思い直し、自分の食べているものと同じものを持ち帰りとして注文した。丁度、食べ終わる頃に袋に下げてきた。

熱いうちにと元、来た道を急ぎ引き返した。何て言おう？「余計なことかもしれないけれど」それとも「熱いうちに召し上がって」と二つの候補にしぼったところで、

「いないッ!!」

折角の熱々の海老天丼なのに・・・何で、居てくれないの！

しばらく、あっちにこっちにと目を凝らして黒衣を探す。仕方なく自転車置き場に急ぐ。そうだ！　以前、その女《ひと》を見かけた神社の境内に向かっているに違いない。と、そのルートを脇道も確かめながら自転車をこぐ。

そして、思った。

私には、ぬくぬくとした家があり、食べたい時に、食べたいものが食べられ、着る物も贅沢はできないが、困ることはない。

そして、やさしい夫がいて・・・・

あの女《ひと》には、何があるのだろう？

・・・私には無い、丈夫な身体はあるかもしれない。

人を見る目もあるかもしれない。強い精神も。自由も。

今頃はどこに？　それにしても、折角の熱々の天丼を食べられたのに。

もう少しそこに留まっていてくれていたら。

と、その女《ひと》の、あまりの運の無さに泣けた。

頭の痛くなる程深く思考しながら、自転車をこいだことなど、後にも先にも無かったこと。

境内に近付いてからは、歩く速さで暗がりの中を手前の小道から入ってゆく。

山門より中は灯がともり、どこかあたたかい。

しかし、素通しの門は閉まり静まり返っている。脇の通用門もピチッと閉まっている。

中では、宮司さんの卵と思しき方が竹ぼうきで、のんびり乾いた土に散る枯葉を寄せている。ああ、ここにも影も無い。

そこで、一旦区切りをつけ、手を合わせ、家に向かう道に。私鉄の線路脇を走らせながらいくつかの左に伸びる路地に黒い影を探す。到頭、家に着いてしまった。

それからが、私の哀しみが始まる。
本当に、あの女《ひと》は運の無い人なんだなあ。
間の悪い女《ひと》なんだなあ・・・・・
運て、あるんだなあ・・・・
その運の無さに、同じ女として深く悲しくなってしまう。

翌日。冷めきった天丼をチンして食べた。

あんなに美味しかった天丼なのに、台風の去った川原のように、草木も石も、流木さながら痛々しく、それは、私の目の前でどうとでもして呉れと言わんばかりの、変に観念した様相をさらす。言葉も詰まりそうな程に何もかもが救いようのない、存在とも言えない存在と化した。とても口にできるものではなかった。

私は、再び天丼が食べられるだろうか。

食べることになったとしたら、静かに泣きながら食べるのか・・・・
あれから、天丼を食べていない。
私の世界から、天丼は、遠い彼方の一等星になった。

指、拾ってこなかったの？

注射針が私の静脈血を吸い上げ、筒の中にヒューと入ってゆくのを見届けたところで、私は倒れた。どういう訳か、看護学校の入試では採血をするのであった。次の瞬間、「何ですかッ！　ナースの卵が採血くらいで、いちいち倒れていてどうするんですか!!」と、怒声が降ってきた。親にさえ、こんな言われようをされたことがあっただろうか。ああ、もうお終いだ。落ちたと覚悟した。

そんな私が3年後、オペ看《カン》（手術室の看護師）になった。人間とは恐ろしいもので、血を見ても、平気になった。

ある時、教授執刀の手術があり、研修医達が人だかりの見物をしていた。踏み台に乗って覗き込む者、何やらまわりをウロウロして隙間を探している気の弱そうな生き下手な者やら。現代《いま》ならテレビモニターで逐一、誰でも見られる時代だ。臨場感には欠けるが。

そんな中、バタンと何事かと思うような音が背後でした。

何と、そのうちの一人が丸太棒の様に仰向けにまっすぐ倒れていた。しかも背丈はあり、ガタイのいい男。

我が事はすっかり忘れ、「よく外科医を志したものだ」と呆れ返った。

派手に倒れたその男、将来、教授にまで上り詰めたのだからこれまた驚きである。

この話、ずっと付きまとったらしい。


現代《いま》は、オペ看などとテレビなどで持て囃されているが、少し説明しよう。

執刀医他、助手と呼ばれる医師達に、手術器具を手渡すナースを、巷では主に言っているように見受けられる。

「器械出し」のナースは華やかに、又、大変そうに映るのだけれど、一部の手術を除けば言われる程のことはない。実際には、その「器械出し」より大変なのが、「外回り」と呼ばれるナースだ。そして、はっきりした格付はないが、「外回り」の方が上に位置する。
手術がスムーズにすすむように、麻酔医と共に、目配り、気配り、心配りし、事にあたる。
そうそ、一部の手術とは、例えば、人工心肺を使う心臓の手術などだ。開胸するだけでなく、送血の為の大腿動脈確保の手術。開胸に向かう執刀医の「お願いしますッ。」の声を合図に間を置かず大腿動脈確保チームの「お願いしますッ。」で火蓋は切られる。

その両手術の、四方八方から、メス、コッヘル、ペアン等を、呉れ呉れと手が伸びるのでこの時ばかりは、「器械出し」は目の回る忙しさだ。千手観音になりたい。場合によっては、器械出しを各々に付けることもある。

さて、「器械出し」と「外回り」の立ち位置の理解を得た上で、私が遭遇したお話を聞いて貰いたい。

それは、ある日の午後、遠くから近付いてくる救急車のサイレン。「ウチかもね」と互いに目配せを交わす。やはり、オペ室（手術室）の入口あたりが騒がしくなる。いつもと少し違う様相だ。

救急隊から引き取ったストレッチャー上の男。タオルのようなもので、幾重にもグルグル巻きにされた血染めの右手。緑がかった灰色の作業着は、上から下まで油が染み込み、その上黒く汚れている。

蒼白に、引きつっているその男の顔も、出っ張っているところは、言ってみれば「変なおじさん」顔だ。昨今の新型コロナウイルスで天に召された大エンターティナー、コメディアンの「志村けん」さんのお家芸のひとつが「変なおじさん」だ。

その変なおじさんは、清潔なオペ室には場違いと思えるようなシチュエーションだ。

作業着は当然脱がせられない。否も応もなく、遠慮なくラシャ切り鋏で切り裂くのみ。

ここは大学病院の4階、手術室。

隣の区から救急搬送されてきた。整形外科医二人。講師と助手が携わることに。命に別状はないということで、全身麻酔ではなく肩から腕だけの麻酔に決まる。

又、患者にとって話ができる方が全身状態の予後もはかれる。上腕には一時、血流を止めるための駆血帯が巻かれ、時間を記録する。

グルグル巻きを解いた瞬間、アッと息を呑む。親指しかない。あとはきれいにスパッと切られて無い。講師の方の医師は尋ねた。

「指、拾ってこなかったの？」

「捨ててきた。」

男は、事もなげに言った。

旋盤で機械に挟まれたのだという。お隣の区は、日本を代表する町工場が沢山ある。拾ったものを氷漬けにしてくれれば、そして、双方のキズがきれいな状態に保たれていたなら、付くこともあるらしい。

・・・どうして拾ってこない!?

生活の全てを面倒みてくれた指なのに・・・

・・・その指、一体、どこに捨てたんだろ？　捨ててしまって、時間も経過しているし、もはや、どうすることもできない。

この男に、今更、訊いてみたところで、悲しみが深まるだけなので、差し控えたのだが。

それにしても、捨てられた指が不憫でならない。

本人はじめ、まわりの人間たちも、気が動転して、止血と救急車を呼ぶのが精一杯だったと思う。

又、きれいな傷口同士なら、血管や神経をつないで再生を図るという術式も、あまり未だ知られていない頃だったかもしれない。

それでも尚、夢想していいだろうか・・・誰か、たった一人でいい――気を利かした人が現われて、バケツでも何でもいいから氷いっぱい入ったものを「ホラホラッ」

と持ってきて・・・ひとつ、ふたつ・・・と拾い上げて、声掛けながら静かに、氷のベッドに滑り込ませてあげたなら――

私は、「外回り」を担当することになった。こういう手術は長時間に及ぶことが珍しくない。外回りは、麻酔科ドクターとは違った面での患者把握もはかる。様子をうかがいながら、折に触れ、言葉を掛ける。時々、医師の指示の許、駆血帯をゆるめ血流再開をはかる。

厳かな儀式の様に進む時間の中で、男の、頭の中を駆け巡ったであろう、その言葉、「もう、俺んとこなんか・・・嫁さんこないだろうな・・・」男は、深い絶望感を漂わせて溜息まじりに、誰にいうともなくつぶやいた。

外回りナースとして、何と返したらよいのか。あまり深く考えて応えるのが遅くなってしまうのもいけない気がするし、立派なことを言えるだけのキャパシティも持ち合わせていない。

むずかしい。むずかしい。むずかしい。

「そんなことないよ。」と言うしかなかった。瞬時のこととて、励ますにはこの言葉しか打つ手を持たなかった。


次の瞬間、「看護婦さん来てくれる？」

私は男の表情をうまく捉えられぬまま、動揺してしまった。「そんなことないよ。」と言ってしまった手前もある。それより何より、この人に生きる希望を持ってもらうことが先決だ。何が何でも、それが、今の私の仕事だ。自分には恋人と呼べる存在がいたが「いいですよ!!」と言っていた。

頭は空っぽになり、身体は血がかけ巡る。

この後、何となくオペ室の空気が温かくなったような気がした。

二人の間に、霞に包まれた吊橋のような連帯感？　が生まれた。

と、私は、心の中で目を見張った。

見る間に、Aさん（男からAさんに）の、その額のあたりが、明らかに、開けてゆくように、その皮膚の下で滞っていた脈動が、一遍に、四方へと、温かい血液を送り出して・・・静かに。

満ちてゆくのを。

無影灯が　日輪に変わった。

Aさんへの手紙

Aさん、お元気ですか?

もう一寸ですね。貴方の指が見つかるのは。

〝人の細胞から作った「皮膚」で覆われて、指型ロボットの作製に成功したと東京大のチームが科学誌に発表した〟と、いう記事を発見したのです。未だ血管のような機能を加え、触覚などの感覚センサーを組み込む構想段階だそうですが、「やったァ!」という思いですね。

一瞬の災難と、気の遠くなるように思えた希望が、光速で近付いたこと間違いありませんから。

待ちましたね!!

嫁さんは、どした？

２０２２年　○月吉日

あの時のオペ看より

困った名言

第二次ベビーブームの頃のZ産院は、外来の様子など、モノクロ映像等で目にする「往時の銀座」並みの人いきれ、それ以上の熱気・湿気であったとご記憶願いたい。
何せ、ここは産院。順序立てて書けば、こうなる。
妊娠したかもしれない女
つわりで頬のこけた蒼い顔
比較的安定した月齢の女達
自分の穿く靴さえ見えない大きなお腹を両の手で抱えてフーフー言っている女
産婦と呼ばれる誇り高き、赤ちゃんを産んだ女
又、婦人科の患者――婦人科的な症状のある比較的軽症の病状のある人たち。例えば膀胱炎等。
いわば、女の七変化の熱気・吐息のるつぼ。

その上、その大きなお腹を抱えながら、ヤレ、採血だ、尿検査だ、血圧測定だ、大きなお腹のまま仰臥し、腰を浮かせて測る腹囲測定だ、内診だ、と修行の如く巡るものだから最後に、ドクターの診察になる頃にはくたびれ果ててしまう。

それもその筈、自分の事で、頭がいっぱいの女たちの導線が絡み合うものだから、立派なお腹同士ぶつかり合う。お互いに「アッー」でお終いである。

ここだけの話だが、以前は、のんびりと言おうか、理想的な職場であった。それが、ヘアピンカーブの如く屈曲の道へと舵《かじ》を切ったのには理由《わけ》があったと睨んでいる。

後々、しがない私はその波に呑み込まれ、用を為さない存在となる。

産院といっても公立なのだが、競争原理が持ち込まれ、上層部は躍起となり、自身の思惑も滑り込ませて、弱き立場に委細構わず鉈《なた》を振り下ろす。

20代は私だけで、すぐ上でも42歳である。そんな大人しき雌羊の群れに振るわれた鞭。
1例を持ち出せば、お客さんは倍増したのに、夜勤は、各持ち場で、二人で臨んでいたものを全くの一人にした。それ故、分娩室で夜中、何人産まれようと助産師一人で格闘し、完遂を果たさなければならない。又、夜間、お産になることが多いのだ。トイレはおろか〝何かあったら、あったら〟、どうするのだ。助け舟も来ない中で・・・。妊産婦を愛してほしい。

それが、そんな劣悪な状況においてさえ尚、悲しいかな、戦争体験者のスタッフは、唯唯諾諾と従っている。身体に故障を来たしてさえも、「戦争中のことを考えれば」とそこで終わる。後に続くもののことまでは及ばない。中には上に忖度し、都合よく立ち位置を変え、チクチクとやってくる。哀れという他はない。

そのような空気の中にあって、ただ一人、問題意識を持つ者もいた。戦中は、病院船に乗っていたそうだ。彼女は一人、海外に視察に行き、目が開かれこれではいけないと、ただ黙って従う雌羊の群れに見切りをつける。院長室に向かい「後に続く若い人の為に」と、直談判に及んだ。

彼女の後に続けば大いなる力となれると思われたのだが、そうはならなかった。直接の上司（管理職）が、上層部に抱え込まれたからだ——

次なるは、新生児室へご案内しよう。


分娩室で無事、産声を上げた赤ちゃんは、新生児室のスタッフが迎えにくる。そして、産湯をつかい、疲れも癒し、そう、赤ちゃんだって大変だったんですよ。清潔な産着を着せてもらい、さっぱりした顔でお母さんとご対面《たいめ～ん》。お母さんと同じ名札を巻かれた足首をお母さんに見せる。

ご対面の笑顔は、神々しいまでに、やさしく、お互いに、お母さんも、赤ちゃんも待ちに待った瞬間を掴み取る。

その新生児室は新生児室で、忙しさこの上ない。ベビーちゃんは最高に可愛いし幸せだが、30人前後の赤ちゃんの、検温をはじめ、観察・オムツ交換、（産後のお母さんを充分休ませてあげるため）哺乳瓶での授乳。
やれやれ、一通り終了。と思いきや、再び、検温・オムツ交換・授乳となる。他に準備、片付け、記録などがある。これを一人でやる。

保育器に入っている赤ちゃんがいる場合は、目が離せない。急性期は小児科医が寝ずに付ききりで様子をみることも。中には、超低体重児もいて3ヶ月位も保育器の中で成長してゆく。お母さんにお乳をしぼって持って来てもらう。昼間には、保育器の窓から差し入れられた、お母さん手ずからで、お母さんのお乳をもらう。「○○ちゃん、ママでちゅよ。おっぱいでちゅよ。たくさんのんでね」と声を掛けてもらいながら飲む。柔和な表情を見せ、ちゃあんとわかるのだ。「ママだァー、ママだァー」とね。

「母乳バンク」をご存知だろうか？
お母さんによっては、出産直後に、母乳を出せるとは限らない。乳腺の発達が十分でなかったり、母親自身が疾患を抱えていたりするケースがある。そのような悩める家族を救う「母乳バンク」の広がりを願って、ある医師が開設したという。その医師とは、２０２０年、10／３付の毎日新聞によると、「日本では２０１３年水野克己医師が昭和大学江東豊洲病院の一角に開設。」今年の９月には他の協力も得て、年間２０００リットルの母乳を殺菌処理し、約６００人の赤ちゃんに提供できる態勢になったそうだ。

水野医師は「多くのドナーは、自分の子育てだけでも大変な中、他の子どものために搾乳し、冷凍して宅急便で発送している。一人一人のお母さんの思いがあって母乳バンクは成り立っている。」と語る。ドナーのお母さん方、ありがとう！

又、今年（２０２０年）は、前代未聞の新型コロナウイルス感染が地球規模で波及。未だ収束も見えない。

「おめでとう!!」の赤ちゃんの面会も父母以外は禁止という。そこで、「オンライン面会システム」なるものの開発促進中だ。まさか、こんな時代がこようとは誰が想像したたろうか。

つい、赤ちゃんのところが長くなってしまった。まあ、さわりの紹介を終えたところで、本題に入ろう。

女たちだけの世界に繰り広げられるそこにあるのは、出産という一つの目的に辿り着かんがため。遠慮も何もあったもんじゃない、てんやわんやの聖域。

そこで、私は、真実を衝くシーンに遭遇もし、生きた勉強をしてゆくのだが・・・次へ進めよう。

机上の空論でしかない「痛い体験」をお話ししよう。そこは分娩予備室とよばれるお産の一歩手前の部屋のことである。

ここでは、手に届く希望に向かって時折襲ってくる陣痛に耐え、甘酢っぱい汗の臭いを放ちながら、その刻を今か今かとひたすら待っている部屋である。

ムンムンいっぱい。又、一言で言えば気怠さもムンムンしているのである。ここは大部屋だが妊婦ひとりのときもあれば数人のこともある。

入れ替わり立ち替わりしながら、愛すべき女たちは通過してゆく。２〜３日もウンウン唸っている妊婦さんもいて、分娩室へ向かう、自分より後からきた妊婦さんを、何人も、うらめしそうに「頑張ってね」なんか言って送り出している。

そうかと思えばこの部屋を通らずに分娩室へ直の場合もままある。今ならダイレクトにといった方がいいのかな。それさえも間に合わずに分娩室入口のカーテンを潜《くぐ》る直前、救急搬送用のストレッチャー上で産声をあげる赤ちゃんもいる。

「かわいいなあー」という声が頭上から聞こえて、はたと見上げると、目尻がすっかり下がった制服姿の若い救急隊員の顔があった。彼は、後ろ髪を引かれるような目を残して引き揚げて行った。

今でも、その「かわいいなあー」の声のトーンが泉のように静かに優しく脳裡に佇んでいる。

ああ、そうそ、話を予備室に戻そう。

そんな気怠い空気を撹拌するかの様に、つんざく叫び声！「ヨシオ～（夫）のバカ～」と語尾に力が入り上がる。「私だけ痛い思いして～」だんだんと語尾は下がり始め最後は涙目。この段階は序の口でよくあるパターン。あまりに度が過ぎると、やって来ました少し笑みを含んだベテラン助産師が。そしてこう言われてチョン。「あんたも、楽しんだんでしょ。」——まわりはとみれば、既にこうたしなめられた妊婦が笑いをこらえている。

スマホ時代の現代《いま》なら、いかにベテラン助産師とはいえ、こういう生きた指導はできないのではないか。中には「ハサミ持ってきてーッ。」「どうするの？」「お腹切るの！」「どうやって？」「自分で切るのォ！」もお～、シッチャカメッチャカ！

そうかと思うと痛みを上手にやり過ごしている妊婦さんもいる。聞けば、女親に諭されてきて健気に守っているのだ。現代では夫の方の意識も変わってきて、積極的にかかわってゆく。そして自分でも産んだように汗をかき、喜びに浸る光景も。

私は新米助産師であった。新米とはいっても、学生時代（1年間）は20例の分娩介助を扱わないと単位がもらえない。実習では二人で組む。他にも同僚がいる中で20例をこなすことは二人で40例である。リスクを負わない妊婦が選ばれるので、この産院の分娩数が多くても、「待ち」の状態といえる。泊まりがけをしないと単位が間に合わない。

助産師は正常分娩を扱う仕事である。

この他の異常分娩といわれるものは医師の領域だ。そう、助産師はふつうのお産を取り上げるのが仕事だ。新米といえど、現場に出たら即、いっぱしの顔をしなければならない。

同じ頃、私より後にきた、年配の助産師に助けられたことがある。本人は、「新米助産師」と標榜している。何故、年配なのに新米なのか――その昔、学校に通うことなく、講習を何回か受けただけで資格が取れた時代があったそうだ。彼女はその後、家庭に入ったが事情があって、昔取った杵柄で資格を生かしたそうだ。そして、名を聞けば、ああというようなお嬢様学校を卒業し「ざーます」言葉を使って話す。下町の産院でどんなことになるやら、一寸見当もつかない思いでいた私であったが、さにあらず、どこだって通用する大丈夫な人と判った。

私は彼女とはいくらも違わない新米先輩ではあったが、なにせ、未婚の立場の弱さがあった。今からお話しするのは、前代未聞の？　妊婦と、すんごい後輩新米助産師と、その中間にあってただキョロキョロする小雀の様な私との三人三様。

黙ってきいて下さいね。

ある一人の妊婦さん。痛みがそれ程強くなく、周りの妊婦さんをそれとなく見ている。大人しく賢そうに見えたその妊婦さんが、「先生（助産師のこと）、赤ちゃんって、どこから産まれてくるの？」こともなげに訊く。内心、クラクラする思いで、一瞬、こちらが、おちょくられているのかと思ったが、相手は真剣。というよりも幼女のように尋ねてくるのだ。もうすぐ、自分が子どもを産もうとしているこの部屋で。この

期に及んで・・・今の今になって・・・

困った・・・私は気を取り直し、ポケットを探る。メモノートがあるはずだ。思い出してよかった。その1枚を破りながら、彼女への説明の段取りをつける。よくある身体の横から見た縦断面図、子宮・尿道・直腸を描き、「女の人にはね、下の方に口が三つあるの。オシッコの穴、お通じの穴、その間にある口が、赤ちゃんの通ってくる穴よ。」とシャーペンの先で指し示し、祈るような気持ちでその顔を見上げる。脇に跪いて説明している。

図がわからなかったのか、ピンとこないような顔をしている。母親学級に参加してこなかったのか。私はあせってしまって、又、その図を二度三度と説明するはめに。困惑の極みであった。

と、そのやりとりを見ていたらしい、例の後輩の年配新米は、自分の出番はココと、胸をドンと叩いて、私に任せないと思ったのかどうかは定かではないが、私の耳許で囁いた。

「そんな紙じゃダメよ」と、確か二度言った。「ダメよ」って「えっ?」と一呼吸ついたが、皆目見当もつかず、羽が1枚取れたトンボの心境。トホホ

間を置かず、次には妊婦に向かい、「アンタ〜ッ(へ? こんな言葉使うんだ) **入ったとっから出んのよォ!!**」と、女優白石加代子のように口を開き、俳優松尾諭《さとる》のように唇を突がらして終わった。妊婦はと見ると、丸ごと全て見事に理解した。一瞬、心の動揺をみせ、どういう顔をしたらよいのか迷っている風だった。

他の妊婦たちはアチャラの方を向いたり、そのあまりの刺激のある言葉に、呆気にとられ、自分もどうしたもんかという目をしていた。

私はといえば、口をあんぐり開けていただろう。吸った息を一気に吐いて、そして思った。成程、これが生きた指導というものか、そうなのだ。そうかそうか。反面、泣きたいような、くすぐったいような、得体の知れない感情に揺れる。でも、私には、そこまで言えないという敗北感と、その年配の新人に尊敬の念を抱いた。身も蓋もな

いといってしまえばそれまでだが、私はそれで助けられた。

名言だなあ。心の中で顔を上げる。

その彼女は、ちょっと変わった人ではあった。この忙しい職場に着物で、前を掻き合わせながら、「遅刻しちゃう！」とエレベーターに飛び乗ってきた。当時でも、着物なんてオシャレで着るものであって、普段はそう着ない時代なのに。お嬢様なのか、肝っ玉の座っている女《ひと》なのか、とにかく絵になる女《ひと》であった。それにしても、本当に対照的なすごい場面に立ち合わせてもらった。

お産に立ち合うだけではない人生の機微に触れさせて頂きました。しかし、かの妊婦さん、本当に悩んでいたのだろうか。誰にも訊けず最後の土壇場で、決心したのだろうか。

今なら、よく訊いてくれました、と言えるような気がする。ゴメンね。

そして、その産院はもう存在しない。

あのびっくりさせてくれた女《ひと》たちは、もう、いいおばあちゃんになっているかもしれない。そして、自分の発したとんでもない言葉など恐らく覚えていないだろう。デモの流行った頃で、夜勤明けの床の中で遠くにデモ隊の声を聞きながら、「デモのできる人たちが羨ましい。」と疲れ切った涙が、流れて髪に吸い込まれ、ただ眠る。


まだ見ぬ私の赤ちゃんは、それから10年も経ってやっと会える日がくるのだが。

常々、思うのは、赤ちゃんになった赤ちゃん（受精卵のこと）は、全て何の心配もなく生まれ、成長できるようなそんな社会がくることを、祈って祈って止みません。


と、美しく終えていいものだろうか？

２０２０年　９月16日　新内閣発足。

それまでもあることはあった「不妊治療の保険適用」を政策の柱の一つとして打ち出した。今頃？　感は否めない。

「少子化少子化」と騒ぐけれど、「少子化」を加速したのは一体、誰？　労働形態を変え、その上、「自己責任」などと、冷たい言葉を繰り出す。力の無い者は、どうすればいいのか。せめて、ひとりひとりが「よしッ」と力が出るような「後押し」を見せてくれ!!

もっと、女のひとを大事にしてよ。

(泣きながら)大事にしてくれたなら、いつの世だって、赤ちゃん、産みたいよ!

火事だってばッ！

その下町のZ産院の夕食は早い。

夕方4時からの準夜勤に交替するとすぐ配膳の準備にかかる。調理師さんと呼ぶより調理室のおばさんが、よく通る声で「ハーイ、夕飯ですよ～歩ける人は取りに来てね～。ハイッ」と、ごくろうだったねというまなざしを向ける。いつだって明るい。

ここは褥室とよばれ、お産を済ませた人たちのエリアだ。

調理室は〝おとうちゃん〟と二人、雨の日も風の日も嵐の日も、温かいごはん作りに奮闘している。そうそ、自分のことは〝おかあちゃん〟と自己申告している。

おかあちゃんは時に法事などで休むが、〝おとうちゃん〟は、年20日もある年休も返上して賄っているらしい。後に定年で知ったことだが、40年間一度も年休をとらなかったというすんごい人だ。やはりメガネの奥の目がやさしい。気骨の背中もいくぶん丸い。

〝おかあちゃん〟は、小柄な体に、目尻にやわらかい笑いじわをたたえた、これまた小さなお顔をのせている。

すぐにまわりをホンワカとさせてしまう。

それもそのはず、ここだけの話。若かりし頃おとうちゃんにぞっこんで、手鍋下げてもという惚れ込みようで「おとうちゃんとこ、鍋釜揃っていたので（調理師だから）、枕と布団だけ持って転がり込んだの。」

そのフレーズをもう何遍も口にしているらしいなめらかさだ。

おかあちゃんの話はこの位にして、その日のメニューはお赤飯であった。それが何の祝膳だったのか、今となっては思い出せない。

配膳も済み、ホッとする間もなくナースコールが鳴る。分娩室からだった。

無事、お産を終えた産婦が一人、経過観察で休んでいる。

「あの～煙が出ているんですが・・・」

「えっ」と耳を疑う。
「煙ィですか?」と確かめると「煙です。」
首を傾けながら小走りを更に早めて分娩室に駆け込む。
――が、部屋を見渡しても、この産婦さんが一人ベッドに横たわっているだけだ。
いつもの見慣れたたたずまいだ。
私の「?」を見て取ると「あす(そ)こ」と頭上を指さす。
エアコンの吹き出し口から、黒々としたものが!
ややッ! 一瞬、体がこわばる。

その招かれざる珍客は、何かの動物のように「いい場所見つけたぜ。」と、肩を組んで軽いノリで言い合い、しかもサウンドがかってる。おいでおいでの手の形をさせながら、天井を四方へと這ってゆく。
スワッ大変!! 我に返り、「ストレッチャー取って来るッ!」と産婦さんと自分に言うが早いか、アッという間に取って返して、ストレッチャーをベッドに横付けすると同時に「早くこっちに乗り移ってッ‼」両の手を貸す。

サッと飛び移るものだと誰でも思うと思うが、モタモタしている。

こういう状況で身体のタガが緩んでナマコみたいになるのか？　いえ、そうではなかった。「バッグが、バッグが」と落ち着いた声。

それで変な風に身をよじっていたのか。

「バッグなんてどっちでもいいから早く移って！」

ン？　来ない。なんで？　そうか、枕を越えてずっと上部に置いたものだから、バッグの柄に手が届かない。私もストレッチャーを腰で押し留めているし、距離的にも届かない、ああ。焦りのるつぼは、意外に静かに時を刻む。

針が進んだ。仰向けに寝たまんま、一、二度空を掴んだその手は、届かないことを知るとズッとのし上りざまに引ったくてきた。胸に掻き抱く。それからは速い速い。

ストレッチャーの左側を力強く掴み、産婦さんの顔に覆い被さるように守りながら、小刻みに動かす足。板を削る大工さんよろしく前屈みに安定性を確保しつつ押し進む。

と同時に、カーテンの開け放たれた妊婦さん達に叫ぶ。首を右に左に「火事よ！　火事よッ！」

それが・・・

ネグリジェ姿の誰ひとりアクションを起こさない。なんで？　その情景は、フィルムが切れてストップモーションになった映画を観ているよう。胃の辺りから何かせり上がってきそう。耳栓をされたようなと言えば通じるか？　とにかく、脳の方で理解不能に陥っていたのだと思う。

誤解を恐れずにいえば、現在《いま》なら笑ってしまうが非常ベルが鳴らない日は珍しい。

それ程杜撰極まりなし。点検はしているというが・・・そんな非常？　が日常？

「今日は鳴らないね。」

「どうしたんだろ？」

褥婦さんの挨拶の一つになっている。お産を終え、当時1週間の入院期間が与えられていた。すぐに仲良くなっておしゃべりが盛んだ。誰も驚かない。バイアスが掛かっているのか誤作動に慣れてしまっている。

「本当の火事よ！　火事だってばッ！」

「ホントだってばッ！　火事よ！　火事!!　火事だってばッ！」

∞無限大、の結び目がほどけてしまったような口の形∞で――

「褥室の一番奥の方へ避難してくださあーい！」


――恐ろしいことに、この時は鳴らなかったのだ。この日に限って非常ベルは作動しなかったのだ。嘘みたいな本当の話なのだ。


ああ、マニュアルもなし。避難訓練などということもしたことがない。

自分の頭で考えるしかないッ。

あそこから煙が出たということは、火の元は機械室？

思うそばから行動！

仕事でなければこんなことはしない。こんなことととは？

普段はまっ暗な機械室。電気をつけるつもりでドアを引いた。

目に飛び込んできたものは――

スイッチどころではないッ。あ〜〜〜ッ。

そこにいるのは煙なんかじゃなく、赤やオレンジの炎が、好き勝手な振り付けで歌い踊っているではないかッ。

酸素を供給してはいけない！　すぐに体を押し付けてギュッとドアを閉めた。学校で習った理科の勉強はこういう時のためにあるのだと変に納得。本心は、見てはならぬものを見た。足が震える思いだった。

その施設はボイラー室は地下にあったが、電気系統は、みんなのいる2階だったのである。事務室に電話！　と思ったが、にわかには信じてもらえそうになかったので階段を降りることにした。階段をツツッと降りたか、若かったので一段とばしに降りたか、とにかく滑るような感覚だったことが微かに蘇ってくる。

当直の男の子がいた。

すぐ119番するよう要請して、関係者への連絡を依頼。

取って返して、妊産婦さんを守らねばッの念だけは強いのだが、右往左往の始末。

一方、当直の男の子は割と落ち着いていて、ぶら下げてきた赤い消火器を機械室のドアの前に置くと、私が制止するのも聞かずドアに手を掛けサッと開けたかと思うと姿が消えた。

中で何かやっているらしい。早く出てきてッ。少し青い顔をして「分電盤のブレーカーを落とした。」と。私の頭は、全くそこまで働かなかった。情ない。

その直後、彼は初期消火を試みるも焼け石に水だと、自分の及ぶところじゃないと、ちょっと苦く照れ笑いしたように見えた。

後に聞くと、全然落ち着いてなんかなくて、両膝ガクガクもんだったと言っていた。

ああ、一刻も早く消防車きてください、と祈る。サイレン音が「今、助けにきたゾ」と聞こえてホッとした。

後がいけない。ホッとしたら、変な余裕も出て、好奇心がポコッと生まれた。

こんな近くで消火活動が見られる？　そのやり方を見とこッ。一寸浮く感じで近付きかけたところでストップをかけられた。

そのストップは有無を言わせぬ。仕事からくる強さだった。

顔筋《がんきん》のスイッチが切られた如くの平静な顔。仁王様が立ちはだかったよう。

亀が首を引っ込めるようにしてひき下がる。全く、よく考えなくたって分かりそうなものだ。邪魔に決まっているし、あちらにとっても人命が最優先だもの。この私も含まれるのだ。心の中で、頭を一つコツン。

機械室を直接、放水。

室内の放水の凄さは、ダムが放流されるよう。天井は遠慮なくバリバリと剥がされる。

解体されるのか？

あ――、産院は、もうお終いかも、と、脳裡を過る。廊下は水浸し。水の方も流れる先が決まっていないので、右往左往の思案の外だぜ状態。

そこに院長が現われた。

なんと、そのいでたち、白Yシャツにネクタイをきちんと締め、今、おろして穿いてきましたと覚しきピカピカ光る黒い長靴。

総婦長も現われた。

祝日だったんだ。それで院長も総婦長もお休みだったのだ。とんだ祝膳だったものだ。

この後が私にとっては苦々しいのだ。

消防の姿がいつの間にか、警察の姿に変わっていて「ここの責任者はどなたですか。」とクリップボードを手にして一寸首を30度位動かす。――当然、総婦長だと高を括って、何かの時は助言する態勢を整えて控えている。

私の傍に寄ってきたそのひとは、あにはからんや、何と言ったか。「歳、訊かれるの厭だから、アンタ代わってよ。」

もしかしたら、聞き間違え？　顔を見ると両の眉尻を上げて頬高に、口角が左右安定しない。ここでイヤだイヤだの押し問答するのも皆のいるところで大人気ないし、私の勤務中に起こったことだからと観念する。

やはり、歳を訊かれた。情況を順序立てて話す。私は24歳だったが。

多くを書きたくないが、彼女は、彼女の権限である、部下の勤務表を、自身の裁量で作成する立場にある。盾突いたり、反りが合わないものには明らかに非道い勤務シフトを敷くことがある。

考えられないことだが、それが出来ちゃう御仁らしい。上手に立ち回り、有利に運ぶ者も出る始末。

休みを申し出るのも、これが一苦労。

私は口下手で、なんのかんのときかれて、休みをもらえないことがあった。

もう、あの思いはゴメンだと思い、ダメ元でメモに理路整然と書いて見せると、一言位は言われるがあまり立ち入ってこないことを学んだ。処世術、処世術。悲しい処世術。

機転が利いて上手をゆくものは所謂、忖度し虎の威を借る狐と化し、反対に上司の方を動かしている、と見えることもあるのだから凄い。そして上から目線の得意満面。こんな小さなところでと思うと鼻白むばかりである。上司の覚えが上がるのに比例して化粧が濃くなってゆく。あなたたちとは違うのよ、と言っているのか。言いたかないが一寸だけ触れておくと、色白とは言えない肌を、白く整えるのだから正面から見れば見事だが、横にまわれば、お面をつけてる状態。ちょっとあわれ。そう言えば忖度といえば、前政権を彷彿とさせる。

イヤなことだが、生き下手の方はいつまでたっても、負のスパイラルという憂き目に遭う。ああ、そんなことはどうでもいい。

今日、1日後悔しない日を送れたら。

上司のところで、つい、つかえてしまった。

後日、雇用主である都（東京都）から、院長と総婦長に呼び出しがかかった。その折も、「アンタでよかった。」とただそれだけ。〝よろしくね〟もなく、部下である私に押し付けたのだった。その後、私の思い違いでなければ、希望的観測で、勤務表はいろいろ訊かれずに、休みを取りやすくなったような気がする。

彼女はといえば、後に、○○褒賞で顕彰される。ウワサでは、胸に一物ありそうな院長が推薦したとか。

狐も狸もいるカチカチ山のお話でした。

めでたしめでたしで終わりたいところだが、ここで、私といえば情無いことに身体を壊し病を得た。もう、助産師を続けられなくなり2年余りで、去る。

いつしか歳月は流れ、風のウワサでは、Z産院は本当に、Z産院になってしまったという。

ひとつだけいい話は、病を得た私を支えてくれたのが、事務室の男の子であった。

独身で母になる

赤ちゃんを産んだ女はしばらく褥婦とよばれる。褥室では、当時はその仲間社会で1週間だけ過ごす。不安もあるが希望の方が優るというものだ。赤ちゃんを抱っこしながら、又、おっぱいをふくませながら「こんなにパンパンなのにうまく吸ってくれない。」だの「ヘソの緒がもうとれた。」だの「退院したらどうしよう。」だの、と情報を交換しあう。

ドッと笑い声が上がったので、助産師学生の気楽さで「楽しそうですね。」と声を掛けた。一瞬、幕をかぶせたように静かになる。「いいのよ、続けて。」というが早いかベッドの足許の方に遠慮がちにお尻を落とす。

お母さんたちの声を聴くことは生きた勉強になる。「何か不満があるなら、話だけなら聴けるから。お食事はどお?」と水を向けてみた。と、勢いを得て互いにうなずきながら、「言ってもいいんですか？　ごはんの量が多くて。ねえ〜〜え。」「残したら悪いと思っても、つい。」と下向き加減にスルスル言う。

なに？　ごはんの量が多いのが不満？　私は言った。あの〝おかあちゃん〟の思いを。〝おかあちゃん〟とは自称であって、調理室の賄いさんである。その賄いさんが常々「沢山食べておっぱい出してよ。早く元気になってね。」と、その積もりでお出ししていることを聞いていた。そのおかあちゃんの配慮を伝えると、皆一様に、そうだったんだと眉のあたりが明るくなった。

他に、やはり外来の混雑ぶりが話題になる。突き出たお腹同士が、避《よ》けきれずにぶつかったことも。

そういえば、この褥室は誰言うともなく「野戦病院」と陰では呼ばれている。昼の時間仕切りは、あるにはあるが、無いに等しい。とにかく、昼の時間帯は全部が見通せるのだ。というより、産院側の都合も見え隠れしている。お客さんが多い分こういうことになってしまう。

実は、公立なのだが競争原理導入により、上部の方針で、何の手当てもないまま無制限に受け入れているので、そういう状況になり、そうせざるを得ないのよ!! と言いたいところだが、そこはスルーする。

そうこうするうちに、自分のことを話し始めた。その一人、「あのね、奥さんいるんだけど、（えっ、あんた《ごめんなさい》奥さんじゃなかったの?・・）旦那さんが、産んでもいいって言ったの。すっごくうれしかった。旦那さん、生活保護だけど。」

あっけらかんと言う。驚きを通り越して感心? してしまった。

皆は、言葉はなかったけれど、よかったねという顔をしていた。内心は複雑であろうと想像がついた。その褥婦さんに幸あれと祈る。昭和45年頃の話である。

一方、昼間はカーテンが開け放たれているのが殆どなのに、四方をグルリと閉め切っている、孤立状態の小屋を思わせる、カーテンの立方体が気になった。

この喜びの中、そうせざるを得ない何かが存在するのか?

拒んでいる？　ひきこもっている？　一体？

大人しくしているハズのカーテンも、何か全方向から乱射されている電波が、飛んでいるような、〝不穏さ〟を孕んでいる。


どうも、気になって声を掛けた。

「ちょっとい〜い？」トーンを上げた。「ハイ」と返事があったので、カーテンを揺らさぬよう掴み加減で開ける。

その褥婦さん、赤ちゃんを抱くでもなし、ただ、そこに居るという感じでベッドに座っていた。赤ちゃんは？　と見ると、ベッドの脇の方に置き、といった方が当たっている。


当時、母児同室制のうたい文句で、お母さんのベッド上に並べられたのだ。大方のお母さんは、赤ちゃんを真中にして、お母さんは端っこで寝たりしている。お母さんは充分に休めない。明らかに母性を逆手に？　押しつけて・・・

本来は、お母さんのベッド脇に赤ちゃんのベッド（コット）を置くのだが、そのスペースもないし、例の競争原理上の都合もあるかもしれない。

その人は、何と「赤ちゃん、いらない。」と。

考える余裕を奪う。絶句!!

気を取り直し恐る恐る「どうしていらないの?」と訊く。

ちょっと体をひねり、赤ちゃんの右のホッペを片手ではさみ込み、「ホラ、ここにアザがあるのよッ」と投げやりな物言い。見たところ薄紅色の痣《アザ》だ。

「ぜ〜んぜん、気にする程じゃないじゃない。」

「そんなことないッ。赤ちゃんいらないッ。」の一点張り。

そこで、「そんなら、私にちょうだい。」と言ってしまった。「ほ〜んと〜に、もらっていいの? ホントだね、ホントにホントだよ。」私は、自分で言っておいて、面喰らったのと、飛び上がらんばかりの、訳分からない気持ちになって上気してしまった。

えっ? 私がこの女の子を育てるんだッ。かわいいィ。

――天の声、「無謀にも程があるっしょ！」（北海道弁になってしまった）

私の本気がわかって、相手は冷静になったのか？　自分が大変な思いをして産んだことが蘇ったのか？　一瞬の揺らぎをみせた後、「やっぱり私が育てる。」と、今度こそ母の声になった。

涙の目で赤ちゃんをギュッと抱きしめた。さっきまでの投げやりな、母の姿はもうどこにもなかった。

私は何だか力が抜けてしまった。一瞬だけでも、私の赤ちゃんだったのに。

気を取り直し「い～い？　これからは隠しちゃダメよ。大きくなってもどんどん外に出すのよ！」その意が分かったとみえ、グルリと囲って巣ごもり状態だったカーテンを、自らの手であっちもこっちも、サァーと開け放った。私は、残念なような、いいことをしたような、少し上気したまま、ギコチない足取りでその場を後にした。

もう、すんでのところで、独身でいながら、「母」になれるところだったのに・・・

心配なので、帰り際に寄ってみた。何のこともない、何ごともなかったかのように屈託なくまわりの褥婦さんたちと談笑なんかしている。心の中で、私の赤ちゃんバイバイ。

ここまで書いてきて、ある意味こんな向こう見ずな、すんごい女《ひと》がいたことを思い出した。


実はここだけの話。

我が学院の助産婦科のこわ〜い恩師の、それこそ、母なる人が「独身で母となった」人なのだった。

その青天の霹靂のニュースは、自らの回顧録の冒頭にあった。少し紹介しよう。

『助産道へのスタートラインは、養母（以下母と称す）との出会いである。母が開業産婆のところに弟子入りしていたときのことである。その師匠の先生の友人である同じ開業産婆さんのところを先生と共に訪れた時のことである。

そこに預けられていた赤ん坊の私の目と合ったことから咄嗟に貰い受けることを決めたという。―中略―母28歳の時である。―中略―7年間の修業の後、私を連れて親戚の住む荒川区で産婆を開業した。

結婚もせずに私を貰うという行動の基盤となった心の形成や経緯については定かではない。こうして私の助産道はスタートラインにたった。生後6ヶ月のことである。』

学生の頃は厳しく、私など苦手であったのだが、これを読み複雑な思いだった。

実の母にずっと抱かれていたかったただろうし、育ての母の愛情をたっぷり受けた幸せも手放せないものであろう。

この世界では名のある先生で、卒業後のある時、どこの会場だったかシンポジウムで、鼎談の形でシンポジストの一人として出演されていた。

ああ、我等の先生だ！　と少し得意気に落ち着かない思いで聴いていたその時、長テーブルのちょっと上方に動いた左手に指輪が！　薬指に確かにあった。その動きはゆっくりと、見て貰いたい意図を感じたのは私だけではあるまい。

私はうれしくなって、今迄のこわさを全部許したのであった。なあんだ、先生、旦那さまいたのね。学生の時言ってくれれば、とギュッと変に奥歯をかんだ。ところがである。その回顧録を読むと、独身だったとある。では、あの日の薬指の指輪は何だったのでしょうか？

でも、ちゃんと好きな人がいたんですよね！　先生は、赤ちゃん（6ヶ月）の時に既に見初められたんでしたね。

先生、ありがとうございました。

身体をこわし短い間でしたが、助産婦となって、ふつうではなかなか出来ないような体験をさせて頂きました。

最後に回顧録を頂いたお礼の手紙を全文載せさせて頂きとうございます。

『先生　師走も押し迫り、慌しさの中、今、私の心はどこまでも碧く澄みわたった空の様相を呈しております。

先生、ご本「助産道」を頂戴し、この上なく感謝申し上げます。学生時代、先生のお心が理解できるステージになく、今、ようやく、先生があのように厳しかったのか、申し訳ない程、わかった次第です。

あの頃・・・Z産院の勤務形態は、はじめこそ当たり前であったものの、競争原理を導入されて以降、外来は無制限受け入れ、200人近くの妊産婦であふれかえり、褥室は野戦病院さながらでした。それはよしとしても、深夜勤（準夜勤も）分娩室一人、新生児室一人、褥室一人というものでした。

私の深夜勤、分娩室勤務の折、経産婦3人介助シーンを想像してみてください。注（経産婦とは出産経験をもつ女性。分娩時間が短いと言われている。短い人は、1〜2回いきんだだけで出産に至る）

——聞いて下さい。3人が3人共、互いに引きづられるように、奇跡ともとれる、殆んど同時刻のお産を繰り広げてくれたのです——

最初に浮かんだのは「取り違えたら大変!!」そこで、考えたのが、授業では教わらなかったけれど、臍帯を結紮しておいて、新生児室スタッフが迎えにきたことを確かめてから、臍帯を切断しようと決断し迎えにくるのを、待ちました。

そのうちに胎盤も娩出されて、赤ちゃんと胎盤を同時に見る機会を、はからずも得て、母子のつながりをこの目で見て感動した覚えがあります。（赤ちゃん、3人が3人共、胎盤を従えていました。）

何事もなかったので、よかったものの、冷汗ものでした・・・・・

分娩介助セットもシーツの様に大きくて全て冷たい水で洗い・・（注・冬場でも）それでも若かったから出来たことだけれども、夜勤明けはまっ黄色な顔色。あとは寝るだけという生活パターンでした。

（読者のために、その生活の一端をお教えすると、美味しいものを食べに行くという発想すら怪しいものでした。

3階が寮になっていて、すぐ帰れるというのはいいのですが、室内には、ガス・水道はなく、共同炊事場になっていました。

私の部屋からは遠く、又、一番下っ端だったので、いくら私的な空間と言えど、遠慮が先に立ってしまい、お湯を沸かす位。

焼き魚も食べたかったし、郷里の〝ホウトウ〟も食べたかったけれどアウト。

どうしていたのか？　って？

思い出したいような、したくないような・・・・・

〝電気釜〟で、大根・人参などの根菜類・白菜など予約をかけて蒸しておく。特に白菜は美味しかったですよ。おしょうゆをチラッと垂らして。ちょっぴり悲しさも混じまって――）

その頃、改革を騒ぐ時代でしたが、デモができる人たちは幸せだと思いました。

そのうちに、私の身体に病魔がしのび寄ってきていたのです。関節リウマチを得て、母子の「命にかかわる！」と観念して、助産から、撤退させざるを得なくなりました。

申し訳ありません。

ここのところ、治療の副作用に苦しみ、生きているのが精いっぱいという状況に陥っていたりしているところへ、先生のご本を読ませて頂き、目からウロコが落ちました。

赤ちゃんの6ヶ月のとき、お母様に見初められた、もう、その時、決まっていたのですね。助産道を明るく照らす道標とならんとする先生を、お母様は神の目で、おえらびになさったのですね。

そして、多くの教え子・女性・赤ちゃん・男性・家族・地域・国境を越えて、皆に幸せをと、足許を見つつ、向かわんとするお姿。

導いて下さっていたのですね。

その強き思い受け取りました。その強さはどこからきていらっしゃるのでしょう。

ただただ頭の下がる思いでございます。

どうぞ、お身体、ご自愛なさってお過ごし頂きますよう、お祈り申し上げます。

平成28年　12月24日』

そういえば、あの時の3人の赤ちゃん、大きくなって、何かに導びかれるように会っているような気がしてならない。

みんな男の子だったっけ。

もう、立派なお父さんたちだね。

常々、思うのは赤ちゃんになった赤ちゃん（受精卵のこと）は、全て何の心配もなく生まれ、成長できるようなそんな社会がくることを祈って止みません。

産院よサヨナラ　恋人よサヨナラ

産院は、いわゆる病院とはちがって、赤ちゃんが生まれてくる明るいところである。「お大事に。」ではなく、「おめでとうございます。」が日常の挨拶である。そこで働けるのは幸せだ。いろいろあるが、それもこれも赤ちゃんのためだ。私は助産師として働いていた。

思い返せば、ある祝日のこと、電気系統からボヤ騒ぎになった時、冷静な対応をした事務方の男の子。当直だったのだ。後に、彼にはいろいろとお世話になった。

ところが、私は病を得る。食べるより眠る方が先というような生活で、なるべくして、なったのかもしれない。密かに病魔が忍び寄っていた。

関節リウマチはありとあらゆる関節という関節を冒す。赤く腫れて人に言えない痛みを伴う。肩・肘・膝を一緒に襲われると、起床にさえ、泣くに泣けない。仰向けから一気に、エイッといきたいものだ。実情はこうである。

仰臥していたものを起床モードにもってゆくには、横に向き直り、腹這いの姿勢にもってゆき、膝を片方ずつ立ててみて、使える方を吟味しながら、肘で上体を支え、次に手をつく動作なのだが、①手首の関節、これが問題で、この段階になると、もう、涙。ここが一番、時間がかかる。

昨夜《ゆうべ》巻いた、②十本の指の関節という関節の弾力包帯を、クルクルとはずす。イザ、深く呼吸し、細く吐きながら手の向きをアチコチ変えながら〝ここだ!!〟という妥協点を、無理クリ作り、一人芝居の最後を仕上げる。

ある朝、左肩にまっ赤なボールが乗っていた。俄には信じられない。泣くのさえ、忘れていた。一晩で。

この全ての関節が痛いのだから15分~20分もかかってしまう。朝が恐いのだ。ふつうなら、希望の朝だが、私にとっては私の前に立ちはだかる冬山だ。

トイレを急ぐ時は、ゴロゴロ転がってゆく。トイレはトイレで一から十まで修行の場となる。

まず、穿いているものを脱ぐところから始まる。

まさか、これを書くことになろうとは思わなかった。

辛すぎて・・・・・

一つ書くなら、冷たいタイルの床に、手を突いて体勢を整えることもありと言っておきましょう。当時の和式トイレには泣きました。

包丁は握れない。鋏など言語道断。牛乳パックも開けられない。

手の小指の小さな関節くらい容赦してくれてもよさそうなものだが、そいつはお構いなしだ。顎の関節がやられると口が開けられない。

赤ちゃんを、とり上げさせてもらうことなど、とても無理だ。というより母子の命に携わる者として職を辞した。

神様は、私にどうしろというのか。

先の当てもなく、はっきり見えたのは、社会は二つでできている。「幸せな人と、そうでない人」。そうでない人、つまり、私。

社会の底辺で膝を抱えて震えているしかない。

やおら、首をもちあげて、看護師の免許を活かして外来で勤務できないだろうか？今でこそ、様々な勤務形態があるが、当時は、〝夜勤〟のできぬ者は半人前。それ以下に扱われた。どこも断られた。

辞めていく私に、前述した事務方の男の子、彼はなんと密かに、彼の上司に相談していた。その上司の紹介で、〝夜勤〟の無い次なる新しい環境へと引き上げられた。

足を向けて寝られない。

心残りと言えば、産院の、あの外来の混雑を緩和するために、交通整理とまではゆかぬが、矢印・番号などを色分けして、設置場所など検討していたところであった。

既に、新宿の「世界堂」に発注していた。

それを中途半端にしてきたことが悔まれる。つわりで苦しんでいる人から、お腹を抱えて移動する妊婦さん達に、誰もが判るように誘導してあげたかった。

将棋はわからないが、何となく、そんな感じで。合ってますか？

後を任された方には、本当にごめんなさい。


彼からは聞いてはいたが、辞めてから所用があって産院を再訪した折、気になって、既に人気《ひとけ》のなくなった外来を、恐る恐る見てまわった。

何と、赤い矢印や番号があるではないか。うれしかった。どなたかわからないけれど、ありがとう。ありがとうございました。

年下の男の子に救われた私は――

彼の故里だという、その頂が白すぎて眩しい山々。南アルプスだと教えられた。お城や、美術館を二人でめぐる。彼は赤いセーターを着ていた。私は黒のタートルネックだった。美しい自然とお城や美術館のセットの中に二人はいて、手を広げたり、足を上げたりして幸せだった。

と、ここまではよかった。というのも・・・うまくだまされて、彼の家に連れて行かれた。

あたたかく迎えられ、何か急にアレレとあわてる。ご両親も人の良さそうな笑みをたたえている。妹さんは、ちょっと戸惑っていた。

前々から、彼はおばあちゃん子だときかされていたので、ああこの人が、と私も自然に親しみを覚えた。おばあちゃんは、昔の人にしては体格がよく、ひっつめ髪に地味な着物を着ていた。

このおばあちゃんの一言から始まり、まっすぐ伸ばされてきた手に、心臓をわし掴みにされることが次々と。

おばあちゃんは、縁側に立ち、細身の私を認めると、どういう訳かお腹のあたりを、探るように遠慮のない目を這わせ、「もっと食べなきゃ・・・子ども産めるだろうか・・・」独り言のようでもあるし、私への掛けられた言葉に、黒セーターの中の胸は、戸惑いをやっと隠さなければならなかった。

それにしても、驚いたのなんのって、いきなりのこの言葉！

無理もない。孫の彼を目に入れても痛くない程のかわいがりようが伝わってくる。

おばあちゃん子、ここにありと知る。

夕方になると、彼のお母さんが、目の前に浴衣と赤い半幅帯を差し出し、私のためにご自分の手で縫われたと言う。この私のために？　あまりの手まわし？（ごめんなさい）の良さに恐れ入る他ない。

私がお嫁でいいんですか？　お義母さん。

又、丁度その日は村の夜祭りがあるとかで、その浴衣を着せてもらい、妹さんと出掛けた。

少し傾斜のある広場。何か昔のお話に出てくるような趣で、クラッと錯覚を覚える。

――

村の人みんなが狐やお多福やひょっとこの面を被っているような？　タイムカプセルで来てしまったような？

異世界に、ポツンとひとり立っている感覚。自分の着ている浴衣の中の身体は、実は空っぽ・・・と。

どういう訳か、そこの提灯は、目の高さほどしかなく、小ちゃくてかわいらしいピンクだ。みなで触れるものだから、常にドンブラコと揺れている。その間から好奇に満ちた熱っぽい目が、私を見て新妻？　扱いしてくる。大人も、子どもまで。傍の袖を引っぱって、囁いている女。ませた？　女の子。ああ、一刻も早く帰りたい。そんな気持ちはおくびにも出さず、私も、期待に応えるようにそんな風に装ってやった。

一番、驚いて、引いてしまったのは、彼と私のために建てたのだと言ったのは彼のお父さん。母家とは少し離れた2階建のかわいい家。ちょっと急拵えのようにも見えた。やたら？　板が使ってある。

そこへ、「布団もあるから」とお義母さん。（彼も照れくさかったのか、母屋の方で休む。）

その瞬間、脳裡を過ったのは、関節リウマチの病を押し、何か紺の絵がある白い日本手拭いを姉さんかぶりにして、額の汗を拭いながら、桃畑の間からの木漏れ日もあまり期待できない田んぼ道を、ひとりリヤカーを引いてゆく私の姿だった。

翌朝、彼のお母さんに台所に呼ばれた。磨き込まれた床。一枚一枚が幅の広い板敷の床だ。大小のすり鉢が並んでる。山芋を、直接、すり鉢ですり、途中、途中に出し汁としょうゆを加え、又、山芋に戻る。このとろろ汁の作り方を、手取り足取り教えてくれる。

ン？　もしかしたら嫁・姑やっている？　ほほえましい情景。

とろろ汁は、とても美味しかった。

めでたしめでたしで終わればよいがそうはならなかった。

実家の母や長兄が反対した。父はとっくに亡くなって兄の代になっていた。過去に一度兄から勘当を食らっていた。これは結婚話ではなく、〝絵〟をやりたいと言った時。

現代《いま》なら問題にもならないかもしれないが、歳が離れているし（4ツ）、苦学生の身ではダメらしい。私は、そこを評価してほしかった。いろいろと、総動員をかけて反対された。一方、東京に出ていた、すぐ上の兄と弟は、「勘当されたら、自分たちも勘当になるから。」と言ってくれた。嬉しかった。と同時に、「しっかりしなきゃ。」と、ありがたく聞いた。

私は・・・私は、彼に〝駆け落ち〟を持ちかけた。・・・彼は、ただ一人の長男だった。

長い、長〜い長い沈黙の後、苦しそうに言った。

「おばあちゃんを、捨てられない。」

不忍池のほとりで、交わした夢は終いえた。ため息ともつかぬ、中途半端な眠りのように考えの所在が不明だ。嘆き悲しむべきか、自分のばかさ加減を呪うべきか・・・どっと疲れて睫がふるえた。


やはりあのお城に恋人同士はのぼってはいけないのだ。あのときは、そんな謂れがあったなんてつゆ知らず、何か渋っていた彼に、無邪気にせがんだのは私だ。その美しすぎるお城は、ヤキモチ焼きさんなのだという。別れる運命なのだそうだ。何か、もっと深い理由が存在するのだろうか。検索したが見当らない。

次に「お許し」を2回頂けるなら、その1、「お節介をお許し」頂けるのなら、「松本城」の隠れた名を「待守人《マツモト》城」なんてのは素的だと思うが。字画も調べたら、なんと、名声、財を得て、意志強固にして生命運も強いとある。市からお叱りを受けてしまう？

私はお城に恋人同士で上ったので、その対象となり、追われた身？

松本城様あなたをおびやかそうなんて、大それたことできないに決まっているでしょ。せめてもと思い、プラス思考で考えた可愛い思い付きです。私は、新しいことを考えるのが好き。でも、個人的な主観に立ってのものなので、その2、「反感を覚えたならお許し」を願いたい。

その彼も、しっかり、私より早く結婚し、もう3歳になる男の子がいるという。

Z産院の、胸に一物院長もこれ以上の出世も思うようにならぬまま、定年退職となって、その「祝う会」で、彼と再会した。

私も、しっかり、1歳の男の子を連れて。

ここだけの話だが、彼には勿論のこと、誰にも言っていないことだが、彼と我が子の誕生日が奇しくも同じになった。「えっ！」本当にびっくりしたことを思い出す。

私はと言えば、出産予定日頃には全く陣痛はなかった。前後2週間は正常範囲とされているので、全くと言っていい位、気にならなかった。ただ、お腹では、息子は居心地がいいのか、どんどん育っているという。

5日過ぎ10日過ぎ、11日目には破水がみられた。ふつうの破水ではなく、緑がかった羊水混濁というものだ。

微かに、これが陣痛？　という程度の微弱陣痛であった。ふつう、破水するとどんどんお産がすすむものだが、大人しい陣痛で期待はずれ。絶対に、自分で産んでみせる!!　と固く思っていたが、高齢初産でもあった。

〝帝王切開〟も勿論、視野に入っている。

「神様、どうか自分の力で産ませてください！」祈った。が――受持医に「赤ちゃんの心音が弱くなってきている。帝王切開にしましょう。」と言われてしまう。もう、自分の力では産めないのか・・・一粒の涙を肌掛けの衿で隠す。

帝王切開で、やんちゃな男の子が生まれた。

誕生日が同じになるよう、延ばし延ばしに仕掛けられた、神様のちょっとしたいたずらか。

お相撲さんとダメダメ事件

２０２０年、世界を脅かす〝新型コロナウイルス〟の収束も見られない中、インフルエンザの流行る時期も迫っている。昨年12月に耳にしてからアッという間に世界中に拡大した。これといった治療法も確立せず、無力感さえおぼえる。

現職の米大統領トランプ氏まで感染したのだから大騒ぎだ。そのトランプ大統領、２０１９年5月26日、両国国技館にて〝大相撲夏場所〟千秋楽を観戦。初優勝を果たした平幕の「朝乃山」に、米政府特注の賜杯が贈呈された。三役経験のない平幕力士の栄誉を称えたことは、記憶に新しいところ。

又、悲しいかな、高田川部屋力士、「勝武士」がコロナに罹患し手当の甲斐もなく、この世を去った。我が郷土山梨の出身であった。同郷の兄弟子「竜電」の落胆ぶりはテレビの画面からも伝わってきて、とても切なかった。あんなに鍛えているはずの、頑丈そうなお相撲さんまでもが・・・と誰しも思っただろう。あの世でも、きっと土俵はあるだろうから、元気いっぱい相撲をとって欲しい。

辛い話題を払拭できるか、ご近所タイムカプセル（私の造語で近い過去を意味する）に乗って昭和47年（1972年）の冬へ。

そこは、一転してかわいい子どもたちの遊ぶ保育園だ。0《ゼロ》歳児〜年長（5歳児）さんまで、120人程を預かっている。

スタッフは、園長はじめ保母さん（保育士）・調理師さん・用務さん・看護師の総勢20人強の女だけの職場である。園長、主任を除けば、皆20代。しかも二十歳を過ぎたばかりのピチピチが大半を占める。そんな中、20代半ばのただ一人の看護師が私である。0歳児保育のスタッフとして籍を置いている。全園児・職員の健康管理も任されている。

第一次ベビーブームの団塊の世代といわれる人達が産み、第二次ベビーブームがくる。団塊ジュニアと呼ばれる存在だ。

保育園が足りなくなった。そこで、東京都（美濃部都政）は各区に新園をいくつか開いたのだ。その新園のひとつに縁あって働けることになった。

当時、0歳《ゼロ》児（たんぽぽ組）は、生後6ヶ月〜1歳未満児を預かっていた。赤ちゃんひとりひとり個性があって、毎日毎日新しい発見をさせてくれる。不思議なことに、0歳のうちから男の児と女の児の関心の向き方が、別なような気がする。

女の児は、保母さんたちの一挙手一投足を、よく見ていておてつだいのようなことをしたがる。男の児はと言えば、各々、好き勝手なことを？　している。部屋の隅っこの穴を見つけ指を突っ込む。カーテンに隠れる。引っぱる。カーペットに潜り、消える。そうかと思うと、ただボーッとして他の児を見ている。たんぽぽ組ではスタッフとの話し合いで、男の児も女の児も分け隔てなく、という主旨で名簿は男女別ではなく、出生順とした。

昭和47年12月だと思うが、本当のお相撲さんが、大勢保育園にやってきた。

時の千代の山親方率いる九重部屋の面々だ。親方含め8名。事務室では、園医さん（学校で言えば校医さん）、九重親方、小柄な園長が談笑している。親方は、背広の下に編んだ白いチョッキにストライプ入りの渋い赤いネクタイ。

エラの張った、黒縁メガネのいかにもお酒が好きそうなのが園医さん。タニマチとして今日の「おもちつき大会」をセッティングしてくださったのだ。もう、どうしようもなくドヤ顔だ。

園長も、ユニフォームの上っぱりの中から、大好きなフリルの衿をのぞかせている。ガラス越しにオホホと笑う様子が見てとれる。

東関脇、北瀬海関を筆頭に7人の力士は、寒空に思い思いの浴衣。北瀬海関が一番、人目を引く大振りな格子柄だ。いい大人がみんながみんなツンツルテン。何かオカシイが、長くてもオカシイ気がする。

お相撲さんたちの控室は、事務室の隣の3歳児室（すみれ組）が用意された。

後述するが、「実はここだけの話」、その部屋で一大事件をひき起こしたのは私だ。園長に知られた訳ではないが、お相撲さんにとっての一大事なんだとか。想像付く方もいるかもしれないが・・・

もう、園庭には、杵と臼と手返し用の黄色のバケツ。傍の大鍋には、大中小の杵が頭を突っ込んでいる。

3歳児以上は各々自分の椅子を抱えるように持ち、テラスに運び並べる。1・2歳児は、先生たちが、肘を曲げて片腕に5脚ずつ位、両腕に掛けて階段を降りる。子どもを先導する先生は、後ろ向きで時々足許を確かめ、児を守るように声掛けしながら降りてゆく。

しんがりは、我が0歳児。抱っこや歩ける児は手を引いて、一段ずつ両足を揃えて降りる。みんな防寒のための上着をつけている。小さい児はモコモコかわいい。

お相撲さんが、視野に入るなり体ごとびっくりして大泣きしてしまったアキコちゃん。ハナミズ2本垂らしたハツミちゃん。すると、お～お～っという感じで、そのハナミズ目掛けて、丸めた大きな背中が岩となって近付く。九重親方は内ポケットからティッシュを取り出すと、大きな手で、その1枚を両の指で注意深く二つに折ると、優しく、つまむようにハツミちゃんのハナミズを拭いてあげていました。

その取り合わせが何ともほほえましかった。絵になっていた。

いよいよ、おもちつきが始まる。

浴衣をパッと脱いだ若い衆は筋骨隆々としていて、腹も出ていなくてカッコイイ。ただ、筆頭の北瀬海関だけは浴衣のまんま。お目こぼしか。エライんだそうだ。後に、大横綱となる「千代の富士」は、ヒョロヒョロに見え、私、内心「この人、お相撲さんになれるの？　ヒョロヒョロじゃん。」と。

後に何かで知ったことだが、足首が細いのを親方が見初めたのだという。

ふと、まわりを見るといつの間にかぐるりと人だかり。お父さん、お母さん、おじいちゃん、おばあちゃん。どう見ても小学生とおぼしき子どもたち。学校は？　アッそうか、冬休みなのね。道理で。

ちゃっかり塀の上に掛けて足をブラブラさせている仲良し？　女の子たち。遊具のかわいいすべり台にもいます。両手両足をうまく突っ張ってる高学年の男の子。


本当に始まりました。

最初は北瀬海関が力強くペッタン、ペッタン。杵を振り下ろす度、そこにいるみィ〜んながヨイショーッ、ヨイショーッと掛け声が気持ちいい。

手返しの力士はというと、少し斜《ハス》に構えて用心しているようにもみえる。ある程度ついたところで園長に交替する。やや、ブリッ子気味のつき方。介添えの力士も、立って手返しをしていたものを、しゃがみ込んだ姿勢に変える。

上のクラスから順繰りに、代表の児が小さい杵を使いついてゆく。

アラッと見ると、日本手拭いをあねさんかぶりにした、手返しの女の子登場。何ともかわいい。その相手をしておもちをついているのは、お兄ちゃん力士。その手には、おもちゃのようにしか見えない小さな杵。体を小さく丸めてチョンチョンとやっている。

女の子の傍で、アシスタントに、徹しているのは、後の横綱千代の富士のお兄ちゃん力士。真剣そのものの女の子の面持ちとは対照的に、居合わせたみぃ〜んなが、柔らかい笑顔で見守っている。

園児たちのおもちつきは一通り終わった。

まだあるんですよ。その後は皆に行き渡るようにつく餅だ。若い衆が代わりばんこに幾臼かついた餅は、控えていた調理室のスタッフが、あんこ・黄粉をつける。大人には大根おろしもあった。

子どもも大人もお客さんも、給食用の同じお皿に入れてもらってほおばる。

園医さんも子どもと変わらぬ「ウン、おいちい。」というお顔。

九重親方は、右足の爪先をグイと上げ踵は点になって地に着いている。――ということはご機嫌なポーズ？　無心におもちを召し上がっている。頂いている。

さあ、お腹もいっぱいになったところで、もう一つの儀式が待っている。いらして頂いたお礼と、おもちをついていただいたお礼に、プレゼントを差し上げるというものだ。年長さん（5歳児バラ組）が、みんなで協力しあって作ったという一つの壺。とても紙粘土とは思えない程の出来映えだ。これが深い緑で一見、「瀬戸黒」の焼き物を思わせる、目を見張る傑作だ。さすが「年長さん」だ！　という感嘆のうねり。受け取るのは満面笑みの北瀬海関だ。少し、得意そうに頬の筋肉がはにかんでいる。

こうして楽しかった大イベント「おもちつき大会」は、無事、みなニコニコ顔のうちに終わった。

さて、ややあっての控室であるが、カーテンが引かれている。ン？　やがてカーテンは開き、そこには浴衣を着て思い思いにリラックスしている前《さき》の若い衆。けっこう賑やかだ。スチール椅子にかけて「肩を揉め」なんて威張っているのは言わずと知れた北瀬海関。下のものも、あんな大きなお肉の塊を手慣れたもので、リズミカルに揉んでいる。

そうそう、私、園長に言われて「お茶出し」係として、この控室に送り込まれたものなり。もしかしてラッキー？　でも、どしたらいい？　如才なく声掛けられないし。心の中の口がパクパクしている。

――と、そこへ園児の母親たち3～4人が頬を火照らし、目はいつもと違って生き生きとさせ、その上、ベランダにスクラムを組むように塊となって、遠慮がちに荒い息をしている。

何？　何？　そのスクラムの一部がくずれ、「先生ッ。」と言ったかと思うと、隠し持っていたものをバサッと出した。

「これにサインもらってくださいッ、お願いしますッ。」押しやるようによこしたものは色紙。数えてみたところ人数分をはるかに超えている。はて、困った。「でも、誰に渡せばいいの?」心の声（全部北瀬海に?　他の力士がかわいそうじゃないだろか?）

心の声が聞こえたのか、次の言葉は一体何を意味しているのだろう。

「誰でもいいのッ。」

「先生、誰でもいいから・・・」

と私をなだめるような口振りにトーンダウン。「誰でもいいのねッ、わかった。」と安請け合い。誰でもいいって?　①お相撲さんという理由だけなのか、②将来の出世を見越してのことか・・・その両方だろう。それにしてもよく気がついたものだ、サインとは。

園長に断わらなかったけど、ま、いっか。お母さんたちも大事《おおごと》にしたらまずいと思っての、私への物言いだろう。都合よく存在した私という訳か。そのサイン・・・もらいの案件も整った。

私はひとりひとりに平等にお願いして回った。

「サインなんてしたことないよォ。」

「オレもだよ。」

「参ったなあ。」と戸惑いながらも、満更でもないうれしさが見てとれた。

いいことをしたかもと思えた。私が思っても仕様がないか。

本当は回って頂こうと思っていたところ、一人が私の許へ持ってくると、次々と続いた。「残りの色紙、どうしようかしら?」とつぶやくと、気の利いた力士が「北関にお願いしてやるよ。」と色紙を持ってゆく。

北瀬海関も「オレ、こんなに書くのォ。」と言いつつ、せっせせっせとサインペンを走らす。一番最後に持ってきた人こそ、後に大横綱となる人であった。時間をかけて書いたであろう色紙には「序二段　千代の富士」とあった。何もわからない私は、その位が高いのか低いのか、それよりも「千代の富士? やさしそうな名前。一寸芸者さんみたい。」と思った覚えがある。ごめんなさい。

今、考えても不思議なのだが鮮明に覚えているのはこの1枚だけ。他の方、ごめんなさい。

「序二段　千代の富士」の色紙は誰の手に渡ったのか定かではないが、今となっては、すんごい宝物を手にしたと思っていることであろう。代々の家宝になっているだろう。

ヤレヤレが終わって、北瀬海関が「ションベンしたい。」と言い出した。ウーン、考えたら女だけの職場なので男子トイレというものが存在しない。すぐさま園長に事の次第を報告すると、ちょっと首を傾げて「子どものトイレを使ってもらって。」と、ちょっとひきつったような、この「解」しかないといった表情。

私も気の毒には思ったが、そうだよね、子どものトイレなら男の子用があるし。

その旨、伝えると、ガラス戸を開け、かわいいトイレをみるなり、「エッ、オレ、ここでするの!?」と言った切り。しばし絶句。明らかに高さがない。誰言うともなく衝立を！　ということになり、用務さんがどこからか板を探し出してきて事なきを得た。

我慢していたものを解消したようだ。勿論、下の力士たちも後に続いたのはいうまでもない。その後も、順調に経過していったようで、一件落着。

オシッコ騒動も終わって、空気がゆるみにゆるんでいた。ふざけっこなんかしている。私もゆるんでいた。

手持ち無沙汰。ああ、うまく話ができる訳でもなく、何か面白いことないかなあ。と見まわすとありましたッ、ありましたッ。

部屋の突き当たりの、奥まったところの机の上に。

・・前述の「実はここだけの話」をやらかしたのです。知らないとはこうも（アチラにとっては）恐ろしいこと。お相撲さんにとっては一大事だったんですね。

その慌てぶりに私の手が止まったんですから。ユルユルの空気が一変したのは、私の一言、「あの、フンドシに触ってもいいですか？」

言うが早いか子どもが面白いものを見つけたように、体より右腕が先にまっしぐら。

そこには、みなのフンドシが四角にきれいにたたまれ、重ねられ、積んである。

皆の動きが、0《ゼロ》コンマ何秒か止まり、一気にユルユルが凍りついたかと思うと、散らばっていた力士全員が、そのフンドシ目がけてすっ飛んできた。

血相を変え、口々に「あーッダメダメ!!」「さわっちゃダメェーッ。」

「ダメダメダメダメ!」とお腹が出ているのでふんぞり返るのを余儀無くされていた、スチール椅子の北瀬海関も、その椅子をはね飛ばして、ただのひとりのお相撲さんになっていた。

すっ飛んできたのです。

驚いたのは私の方ですッ。「なんで?」

ダメダメ声の合唱に遭い、〝あーッすんでのところで手が止まってしまった〟

もう1cmだったのに。

このフンドシって何物?

事無きを得た？　みんなは一様にホッとして、ダーッとして口もきかない。口もきけない？　膝に両手をついて荒い息をしているものも。

――誰かが、「女の人は触っちゃいけないんだ。」又、別の声「それにフンドシじゃなくて〝マワシ〟っていうんです。」と折目正しく言う。

そうだったの。そうなら本当に一大事だったんですね。申・し・訳・ありませんでした。

ごめんなさい、〝マワシさん〟

二人の力士が、無事だったよろこびを次に示します。代弁するなら、「無事だったァ～、何とかやりおおせた、でかしたでかした」とばかりに、きちんとたたまれたマワシの束に、祈るように、厚い手を載せたのを、私は見てしまった。本当は頬ずりしたいところだったのでしょう。

触れていたら、どうなっていただろう。

考えるだに恐ろしい。おお、恐ッ!!

この顛末が無観客だったことが物体ないような・・・ウソですウソです・・・

〝おじゃましますくん〟のひとりごと

「オイオイ〝マワシ〟のこと、フンドシって言ってるぜ。誰か言ってやれよ。〝回し〟っていうんだよってな。女の人が触っちゃいけないことくらい、ずいっと昔から決まってら。何故か？　何故かと言えばだな・・・・オホン半世紀後にスマホというもんが出現するから、そいつで調べてみてくれればありがたいっす。」

そんな、ひどい仕打ちをした（未然でしたけれど）私なのに、その夜、タニマチさんの好意を受け、私も誘われて末席に加えて頂いたのです。ホテルでの会食。

若い力士たちの食べること食べること！！！

バイキングだったから、好きなだけ食べられる。ソースがよくからまったミートソースなど山の形がくずれないまま銀の大皿に。見たことない山に、うん、あの位食べないと力士だもんね、とひとり合点していると、それどころではなかった。最低3回はそれだけで通う。その他のごちそうも勿論、そんな具合だ。

黙々と食し、一言も喋らない。

おしゃべりを楽しんでいるのは、正面席の右から、小柄な園長・タニマチの園医さん・九重親方・北瀬海関・園医さんのお嬢さん、女子大生だ。そして私。お嬢さんと北瀬海関は懇意にしているとみえ、お嬢さんは今でいうタメ口だ。あ〜んなに威張っていた北瀬海関が人が変わったように大人しい。借りてきた猫状態。挙句の果てに、「今度頑張らなかったら承知しないわよッ!!」かなり、過激なお嬢様で驚く程だ。タニマチというものが言わせるのか、それとも好きなのか?

北瀬海関は、あやふやな笑いを浮かべて、「わかりました」なんか言っている。

スマホというものが登場。

例の「女人禁制」を検索致しましたよ。いろいろな説があり、定かではないらしい。

中には、裸の男がぶつかりあい戦う様子を豊作の女神様が楽しんでいたものを、土俵に女性が上がるのを嫉妬するから。というのがあって、神様も嫉妬するなんて人間くさくないですか？

ところが、そうも言っていられない事態発生。例の、土俵上で舞鶴市の市長が突然倒れ、その救急救命を行っている女性に「土俵から下りて」とアナウンス。その対応が問題になったことは、記憶に新しいっす。つい、こんな言い方になっちまう。

命とどっちが大事なんだよッ。

相撲協会は、再検討するって言ってたけど、その問題は未だ「待った」のまんまなんだって。

何か不都合な真実が存在するのかしらん？

いろいろあるけどさ、ワタクシ、大相撲、大の大の大好き女子に番付が上がりましたことを御報告させて下さい。

最後に、ここにご登場願った〝大横綱〟「千代の富士」関、コロナに倒れた「勝武士」さんのご冥福をお祈り致します。　合掌

その手にのるナ!!

ある晩の金曜日。何の気なしにテレビを見始めた。既にカラーテレビはあったが白黒テレビ。まだ21歳で就職して1年目の、間借りの6畳間で。

中年のアナウンサーが何か物体ぶって喋っていた。そのタイトルがおかしい。

〝クイズ〟「その手にのるナ!!」

まず、そのフレーズにとび付いて、ややひやかし気味にテレビの前に向き直り、膝をそろえた。

解答者は一般人4人。ゲストタレント4人の8人だ。司会の神《ジン》アナウンサーがタレント解答者を指名して出題する。

その方たちは正解がわからなくても30秒以内に答えねばならない。

次に一般の解答者はタレントの答が合っているか否かを○×で答えるだけだ。解答者と呼べる程のレベルに全く達していなくてよい。故に、私のように知識が無いものでも！　と思ってしまうのは仕方ないだろう。

当てずっぽうでも当たる可能性だってある。ちょっと色気立ってしまうのは、全問、騙されなかったら〝西ヨーロッパ一周の旅〟が待っているというもの。無きにしもあらずだ。そのあまりの気楽さに、私はひとり声を出して言った。「なあんだ。○か×かなんて誰でも出来るじゃん。」

ここで止めておけば、大層なオチにならずに済んだものを・・・

この時は、1ヶ月後見ず知らずの大阪に一人、乗り込んでゆくなんて、夢にも思っていなかった。

狭い部屋なので、ハガキだって一歩踏み出せば取れるというものだ。田舎の実家のように、居間を出て長い廊下を渡って、階段を上って等と考えると、そういう気にもならずに済むのに——普通にね——ヘヘーン、チョンチョンと応募ハガキを書いてしまった。

それきり忘れていた。

それから何日かして〝予選通過〟のハガキが届くことになる。〇〇ホテルに於いて選抜大会を開催するので出席されたし、とまあこんな具合の内容。

えーッ、まさか！――選抜たって、何するの？　ま、いっか、どうせ落ちるのだし。見物のつもりで行ってみっか？

東京に出てきて4年目、社会人1年生。都心の大きなホテルだったが今となってはそのホテルの名前が思い出せない。なんとか辿り着いたのだと思う。その会場は広々としていて、しかも、グルリと円形の作りで、階段教室のようになっていた。半円なんかではない。

とにかく、あてがわれた番号の席に着く。

一番高い場所で全部が見渡せる。

少なく見積っても、50人はいたと思う。

いや、あのグルリとした席を考えると、100人位になるのかしらん・・・

若い司会者が「これからちょっとしたテストをします。10問ありますから答を書いて下さい。」えっ？　○×式ではないの？

試験となると身構えてしまう。緊張の空気が張り詰める。それを楽しむかのように、再び司会者は「わからなかったら隣同士で相談してもいいですよ。」フッと緊張が解けた。

冷やかし半分で応募したのに結構むずかしかった。

1問どうしてもわからないのがあった。

お隣をチラッ。私よりちょっと上くらいの頭の良さそうな男性《ヒト》。

その設問は〝白土三平が書いたものを挙げよ〟名前はきいたことはあるが作品は知らなかった。そこで恐る恐る声を掛ける。相談する。「たしかカムイ伝じゃなかったかな。」ということで私も「カムイ伝」と書く。

ついでに他の問題もサササッと答合わせをする。私の教えたものもあって、おあいこ。

〝他のみんなは、出来ているんだろうな〟と、大学入試の時の心細い気分がお腹のあたりを過る。ああヤレヤレとみながザワつき始めるのもシナリオ通りとみて、皆の気持ちはこの掌の中にあるとばかりに「まだまだですよ。これから、皆さんにして頂くのは自己紹介。それも30秒で。超えても短すぎても駄目です。ただの自己紹介ではなく、自分をアピールして下さい。アピールですよ。」とこの業界らしい。

皆さん、面白くおかしく笑わせたりしている。聞いている分には楽しいが、まだまだと思っていた順番が近付いてきた。

ドキドキするばかりで考えがまとまらない。ああ到頭マイクが回ってきた。マイクを持つ手がふるえる。気の利いたことなんて閃かない・・・人を笑わせるというのは大変な芸だと悟る。私にはムリ。

「私は、雨宮《アメミヤ》麻梨と申します。看護婦（ついこの間までは看護師のことをこう呼んでいた）をしています。手術室で働いています。まだ新米ですが。」みたいなことを言った。ちょっとどよめきが起こった。

言い終えるとかかった秒数を告げられる。オーケーだった。

マイクを〝白土三平〟に手渡すと、「僕は、患者です。」ここでドッと笑いがあがる。上手いなと感心する。「どこそこの病院に入院中ですが、抜け出して今日、この席におります。」今度は大きなどよめきが起きた。帰りはご一緒し、夕暮れの中、駅で別れる。「お大事に」「ありがとう」これきりである。


さて、本題に入ろう。

それから、それから1週間位経ったろうか？　とんでもない封筒が届いたのである。・・あの応募ハガキを後悔した。

致命的な「癖」を持っているのだ。

新幹線で3時間もかかる大阪まで行き、クイズ番組に出るハメに・・・ああこんなことになるなんて・・・何とか出ないで済むことは出来ないものだろうか？

私の「癖」とは、実はう〜んと〝ヒッケ〟なのだ。〝ヒッケ〟とは甲州弁で内気・

引っ込み思案・人見知りのことだ。

チラチラと浮かぶがままに、病気で入院した？　骨折？　親戚に不幸？　ああ縁起でもない。

いろいろ算段しての悪あがき。

あああ～と言ってる間にもその日は喜び勇んでやってくる。

ナニ？　応募しておいて出たくないんだと？　それはないだろ！　と心の声。冗談は顔だけにしとけ！　大概にしろ！

コロナで亡くなった志村けんさんの声がきこえる。〝冗談も休み休み言えってか〟

どんなにしたって、自分からは逃げられない。ま、いっか・・・ズルズルと仕方なく決断に至る。

クイズ〝その手にのるナ!!〟に出りゃあいいんだろ・・・トホホ

休みをもらうために、職場で仕方なくこの話を出すと、場は小事件と化した。向こうにいたはずの同僚も、「なに？　なに？」とすっ飛んで来る。そのざわめきの中、仲良しの同僚の放った一言は、間違いなく傀儡師《くぐつし》となって送り込まれ、私は、その操り人形に堕した。その言葉――「マリのことだから、どうせジーパンで出るんでしょ。」ジーパンで出ようと思っていたところだった。


そこへ、男性の声も加わる。

「マリ、全問正解しないと承知しないよ。」

このお方は、台湾出身のS先生。所帯持ちだが（関係ないか）私のことを「マリ、マリ」と呼び捨てにする。

紹介が遅れた。ここは、ある大学病院の手術室のスタッフルームだ。S先生は麻酔科ドクター。他にも数名の麻酔科ドクターが在籍する。手術室（以後、呼び慣れたオペ室という）看護師とは仕事でタッグを組む。

医療系のテレビドラマでもキビキビとしたやり取りをご覧になった方は多いだろう。緊張を強いられるだけに、予定の手術が全て終了しシャワーを浴び、ホッと一息。和気あいあいと仲が良い。

同僚の〝どうせ、ジーパンで出るんでしょ〟が、どうもひっかかる。それはそれとして何着て行ったらいいの。それなら、ひとつアッと言わせてやるのもありね、という気持ちも湧いたりしながら、つらつらと考え、到頭、これしかないという答に辿り着いた。

その答とは？　〝着物〟　着物？　そう、着物！　すぐに行き詰まる。

弱った。着物なんて持っていない。

でも、着物でなければならない。高いんだろうな。再びつらつら考える。先が明るくなってきた。その結論とは、〝兄に無心!!〟

ウン、可愛い妹のためなら、一寸無理してでも買ってくれるかも！

兄も上京した口だ。兄は社会人として。

まだぺーぺーだがそんなことには頓着しないのが妹。「兄ちゃん、だって、私のことどうせジーパンで出るんでしょ、って言われたんだもん、買って。」

兄は、「仕様がないなあ。」とＯＫしてくれた。さて、呉服屋さんを探さなければ・・・

現在《いま》の様に仕立上がりの着物など売っていないので拵えなければならない。

そこで、何かと、すぐ相談にのってもらえそうな近場の小さなお店に飛び込んだ。

どんなのいいかと訊かれ、井桁絣を指す。６月のことだったと思うが、「丁度、単衣だし、いいかもしれない。」とお店の奥さんが言う。決まりかけている時、親切心から「井桁の模様が入ってて、自分で洗え、アイロンもかけなくていい、ウールで作ることもできますよ。見た目は絣ですよ。」と。この親切心も

――ここで止めておけば――そう。お察しの通り〝仇〟となったところの、その伏線の1本となる。

実は、私は、何か新しい趣向？　にめっぽう弱い。〝通〟の人から言わせれば、亜流と片付けられるのだろう。

着物のことを全くといってよい程知らないし、布地のことも、着心地のこともお手上げ。

今思えば、初心者には本物を紹介して欲しかった。何の場に於いてもそう思う。

とまあ、ひとくさり、ぶったところで、本物の絣にも未練たらしくチラと目をやり、易きに流されて〝ウール地〟で誂えた。

単衣ということもあって一週間程で出来上った。これが、私が着物を作った第1号である。兄に感謝である。

さて、又これからが大変。

着物に必要なもの。帯をはじめ一式揃えた。クイズに出る当日は、自分で着なければならないので着付けの〝イロハ〟を習った。

一番、むずかしかったのは何といっても帯。幅が30㎝、長さ4ｍ20㎝。色もド派手な向日葵《ひまわり》色。二つに折って、4ｍもの長さのものをグルグル体に巻き付ける。

そして、難敵お太鼓。しかも、帯自体がペラッという感じなので、二重にお太鼓に。

ああ、あれもこれもテレビに出て、オペ室の同僚等に、〝おしとやかな〟ところを見せようとのわかり易い魂胆・・・・・

兄に対しても、着物を拵えてくれと懇願した手前、今更、ヤーメタなどと言えないし・・・・・トホホのホ

若さとは、醜いものよのう。

ああやっと一山越えた。茌原中延の間借りの6畳間で練習したよ。

その運命の日はすぐきてしまった。

早起きしたのは言うまでもない。さあ、始めなくっちゃ。ウン、草履、オーケー。まず、髪をアップに整える。

次に顔を作る。普段のメイクに口紅を若々しく、小さめに引く。

一呼吸置いて——まず、足袋をはく。

（着付の、イロハのイ）——着物を着てから、足袋をはくシーンを想像してみてください。肌襦袢↓裾よけ（腰巻と考えてよい）↓補正具（着くずれを防ぐため）↓長襦袢↓伊達締↓腰紐↓ここでやっと着物↓腰紐↓帯板↓帯↓帯枕（お太鼓を作るためのもの）↓仮紐↓帯揚↓帯締め　ハア。

この行程を1回習っただけのうろ覚えで着るのである。そんな訳だから、ワ・ン・ポ・イ・ン・ト・ア・ド・バ・イ・スなど吹っ飛んでいた。

それが重大だったのだが。〝知らない〟ということは、まわりから見れば滑稽、気の毒の何物でもない。その主人公に、自分が招いたこととは言え、演じる幕がまもなく上がることになる。

帯は、きつく、きつく締めた。

先を急ごう。身仕度を終え、余裕をもって出たはずであった。もう、そこから誤算は始まっていた。いくら、時間は充分取ったと言っても普段のジーンズの歩幅で計算していたなんて。おばかさんね。

神様、着物がこんなに歩きづらいものとは思いませんでした。

まだ始まったばかりで、もう泣き事？

時間的には問題なしっと。大丈夫、大丈夫！

そのうち、電車の乗り継ぎに結構時間をとられた。ああ〜〜自分の中のモチベーションメーターが下がってくる・・・・

何をゴチャゴチャ言ってるの。

だってェー、優雅に歩こうと思い描いていたことが、そんなことを言っていられない状況になってきたんだもの。

えいッ、私は駅の地下道を走ることにした。よく、時代劇などで、「オラヨ」と言って、裾をはしょるのを目にするがあれが正解ッ！　さすがにそこまではできないので、小走りに走る走る。

大股で走ろうなんて、いくら何でも考えておりません。

なのに、アレ？　走れない。

――何しろ、走れば走る程、着物ばかりか、その下の長襦袢の裾も、雪だるまの様に徐々に大きく丸まって、あろうことか上にどんどん上がってくるのである――

時に、立ち止まって小刻みに跳ねてトントンするのだが、それだけでは下がってくれない。

万有引力の法則はどした？

まるで、何か生き物が入り込んでいるとしか思えない。

そんなはずはない、と理性が応える。にっちもさっちもゆかなくなる。

上がり切ったものを壁に向かって宥《なだ》め下ろす。


先程来、着付のワンポイントアドバイスだの、重大事だのと物体ぶって言ってましたが、それを無視した答が今、出ているのだよ、と何かが囁く。

不憫なマリさん。あのね、今の私ならアドバイス出来ますよ。あのね、着物の裾捌《すそさば》きをよくするためには、下前の褄《つま》先を7～8センチ引き上げ、更に、少し外側に折り返すと小走りしても上に持ち上がってきませんよ!!


右の様なハプニングを抱えたまま、1分1秒を争う事態に突入した。

山手線（その頃はヤマテセンと言った）と京浜東北線は、いくつかの駅を平行して走行している。

そうだ！　頭に豆電球が点いた。駅員を掴えて息をはずませ、切羽詰まっての質問。

「山手線と京浜東北線、東京駅までどっちが先に着きます?」なんと、「京浜東北線の方が1分位早く着きますよ。」意を汲んだ即答を貰う。折り良く青い車体が着く。飛び乗ったのはいうまでもない。

京浜東北線、頼むよ！　ヤレヤレ。これで1分稼げた。


東京駅に着いて、キョロキョロ。

やっと乗り場を見つけたッ。エスカレーターなんぞ無く、天への階段かと思える程の長い階段を見上げる。

ジーパンなら一段とばしで上がるところだ。フッ、けっこうあるッ。

必死でホームへ。

あと一歩というところで、障害物?

誰かが仁王立ちに立ちはだかる。

そいつが、喋った。「行っちゃったゾ!!」

立っていたのは、頼んでもいないのに見送りに現われた兄だ。

とんだ、着物のお披露目だ。

こだまが、〝お嬢さん、ごめんね〟という風にお尻を見せて遠ざかってゆく。

あーどうしよう？

「どうするんだッ！」

「いいもん、行かないもん。」と拗ねて開き直る。（あ、もしかしたら、行かなくて済む用意されたドラマって、これだったのか？　と一瞬過ったことは確かでホッとした思いが残って苦いような、甘いような揺らぎの中にいた。）

「次の切符を買ってやるから次ので行け。」

「行かないもん、行かないもん。**兄ちゃんが着物なんか買ってくれたから遅れちゃったんだ。**」と悪態をつく。

寅さんに叱られてしまうね。こう言われて。〝オマエさん、それを言っちゃあお終めえよ〟って。

駄々をこねているのを放って、切符を手配してきた。そこまでされちゃあ行かぬ訳に行くめえ。兄に送られて大阪へ。感謝感謝!!

私ひとりでは、どうしただろうか?

甚だ、疑問ではある。

大阪に着きました。○○テレビ局の玄関に立つ。

近くには万博が開かれるとかいう丘があったように思う。

ウロウロしている二人の女性に声を掛ける。一人は、お母さんという感じの40代。もう一人は、カット髪の30代前半といったところか。

直感は当たってやはり、クイズに出るメンバーだった。よかったッ。すぐ意気投合し、どこからきたの? から始まり自己紹介。

年長の方は東京、中野からきた大森さん。何故、大森さんとわかったかって? 何十年前のボロボロの赤い住所録から探し出した。

もう一人は、その折、連絡先は頂けなかった。

3人はコーヒールームで簡単な食事をとり、おしゃべり。食事を終え人心地ついたところでドアを押す。

と、そこにいらしたのは、誰あろう、司会の神アナウンサー。あわててご挨拶。励まされ、やる気が出てきた。

気を良くしたところで、〝実はここだけの話〟、年長の大森さんが、とんでもないことを持ち出した！

「私たちは東京から来た者ですが、親戚や近所の人たちに出るって言ってきちゃったので、ひとつも出来ないと恥ずかしいから、ひとつだけ、答を教えて下さいッ、お願いします。」と深々と頭を下げている。

成程、そういう可能性もありか？　でも、そこまでして？

大森さんだけの問題と成行きを見守っていると「あなたたちもホラホラ」と下げた頭のまま、後ろに控えている私達を逆さから見上げ、手をホラホラと金魚の尾ビレの様に動かしている。

〝その手にのる〟前に、〝その悪企み〟に安々と、のってしまった二人。

3人で、選挙よろしく「お願いしますッ、お願いしますッ。」と、頭を下げたなり食い下がる。


片や、「それは出来ません。」の一点張りの神アナウンサー。

善良な市民の困ったちゃんオバサンに掴まって辟易していたことだろう。

私たちは尚も懇願に懇願を重ね粘る。


もういいよ、神アナウンサーをこの辺で解放してあげようよ、という不埒な考えも顔をのぞかせる。行き掛かり上、こうなってしまったが気の弱い私は、大森さんの強さに敬服する。

膠着状態の中、腕時計をチラ見する神アナウンサー。もう行かなくては、という仕草を見せ、何を、どう思われたのか、「では、ヒントだけ差し上げましょう。いいですか、絶対口外しないと約束して下さい。」

3人は飛び上がらんばかりに喜んだ。ウンウンと頷いた。「森進一さんの歌に関するものが出ます。」と。「ありがとうございます。ありがとうございます。」森進一の歌なら、年中流れているので何とかなりそう・・・・3人は同じ気持ちだったらしく、神アナウンサーの姿が見えなくなるまで頭を下げていた。54年前の出来事。

1問だけは楽勝と強い気持ちになり、3人は同罪という誇りにも似た感覚に酔い、心細さも消えるというものである。

いよいよ会場へ。

テレビ局という所はとにかく初めてであった。薄暗い中、箱だのコードだの何やら規則性も感じられないものが、やたら置いてあり、避《よ》けたり、跳び越えたりしながら、子どもが喜びそうな、埃っぽい迷路を行く。

どこまで、いつまで歩くんだろうと思った矢先、暗幕が翻ったかと思った瞬間、目を射るギラギラの光に片目を強くつむる。

真夏の真っ昼間の太陽の様なギンラギンラした照明が天井から大蝙蝠が大挙して、ぶら下がっていると思って頂いて差し支えない。

しかも、そいつは、時間が経過すると共に発熱。暑い？　熱い？　ア・ツ・イ!!

天井にばかり目を奪われていたが、促されて席に着く。そこで初めて、前方に大勢の人がいたのを発見。ギンギラギンでよく見えなかったのだ。30名弱。

周囲は保育園か幼稚園のホールかと見まごうばかりの飾りやペイント。

目を奪われ、圧倒されていたが我に返ってふと、座っている椅子に目をやると、期待に反して？　手をついてヨイショと座った時、ヤな予感。見てはならないものを見てしまった。赤いビロードの四つの角全部が全部擦《こす》れて中の材料が見えている。それも擦《す》り減っていた。

いつの間にか室内は小さな灯りだけになっていた。と思う間もなく、大きなスイッチを入れた時の様な鼓膜を直接震わすような音と共にギンギラギンが一斉に点いた。

私を、新参者を、訳わからなくさせる合図だった。一瞬にして全身の血液を顔に集め耳まで染め、五臓六腑を喉まで圧し揚げた。

脳はいずこへ。

マズイマズイ、何が何やら訳わかんな～い。悲愴な場面が待ち受けていそう。

芸能人という人達にとって、これしきのことでいちいち上がっていたら、その座を追われるのかな？　ライトを浴びてなんぼのもの？

何しろ、〝ビッケ〟がライトを浴びたら、蒸発してしまうよお～～

「それでは自己紹介を。右端の方からお願いします」と指名され、この私であるが自分でも聞いたことのない高い声で「あめみやまりと申します」とマ行が三つも入る名を、引きつった声で精一杯やる。

普通なら、時間の経過と共に上がったものも下がるハズなのに、ずっ――と最後まで心臓はバクバク、風船のようにフワフワ、お尻も足も10センチ位浮いて体重無視のありがたい〝あがり症〟を発症してしまった。

クイズでは、タレントも解答者ということになっているが演出のひとつにすぎず、私たちを騙す一味なのだ。全問騙されなかったら西ヨーロッパ一周だ。

一味の紹介をしよう。俳人の楠本憲吉氏、黒縁メガネに七三分け。

素人には絶対真似できない、目の覚めるようなグリーンの大きなリボンを髪に飾った中村メイ子さん。とても、きれいな方だ。

そして、インチキ外国語を駆使して相手を煙に巻く、藤村有弘さん。

ご自分で発明？　したのか元祖といわれている。イタリア語？？？　例えば、「ドルチャヤメンテ、コチャヤメンテ」「スパゲティ・ナポリターナ」「トルナラ・トッテミーロ」は現代でも知られている。

もうお一方いらっしゃったが、全く覚えがない。ゴメンナサイ。

合成樹脂でできたような赤いボールが回ってくると、1回だけ、お気に入りのタレントを指名することができる。

私たち解答者は、既にお知らせのズル3人女。もう一人は男性で、楠本憲吉氏を若くしたような真面目タイプ。

神アナウンサーは何事もなかったかのように始まりの言葉を告げて、クイズは始まった。タレント解答者は、お察しの如く本当のことをウソッぽく、あるいはわざと、本当のことを真面目くさって説明してみせたり、ホラ話を、理路整然と本当らしくみせて、騙してくる。

赤いボールが回ってきた。

「藤原有弘さん」と恐る恐る指名した。

神アナウンサーは「では、藤村有弘さんにクイズです。スパゲティはどこの国で生まれた食べ物でしょう?」

キャ、私、言いまちがいをしてしまった。

これで、もう一段、上がり症が上がってしまった。

藤村さんは、身振り手振り面白く、口を突んがらかし「おお、スパゲティーね、それはマルコ・ポーロが中国の何とか省をと訪れた時、食《しょく》したのですね〜、『おおこれはスパゲティー・スパゲティーね!!』と言ったのが始まりですね。」と、今なら、その口にマスクをさせてあげたい程の、メチャクチャな、子どもだましのような下手な芝居なんかしちゃって、もう×以外に無いでしょ。と高を括って余裕の笑みもこぼれていたに違いない私。中国に失礼よ!!

イタリアに失礼?　どっちにも失礼よ!!

これが・・・○だった。

よくも、コロッと騙してくれましたね、藤原さん。

ところで、お約束の森進一がいつまで経っても出てこない。成績も西ヨーロッパには既に届かない。他の二人も芳しくない。

あんなことしたから、森進一は設問からはずされたのかもしれない。その色彩が濃く忍び寄ってきている。

二つしか出来ないのに、七つも騙されて頼みの綱は最終問題！

「森進一の港町ブルースの――」と神アナウンサーの発声があり、うれしかった。本当に本当にあの願いは叶ったのだ。

――そのことに後めたい感激があった。

〝背伸びしてみる海峡を～～函館～〟何気なく聞いていたので、函館と気仙沼くらいしか知らない。故里は海無し県で、情景も思い浮かばない。

「〝港町ブルース〟の一番最後の港は、どこでしょう?」その時の神アナウンサーの目がどこに向けられていたのか、ちょっと気になったが。ズル３人組を見て下さったであろうか、視線をはずされて下さったであろうか、とにかく、ごめんなさい。

どなたか思い出せないが男性タレント解答者が「マクラザキです。」と。私、御前崎じゃない？　当然私×。答は〇。他の二人はどうだったんだっけ？　しっかり覚えておけばよかった。

——折角、あんな思いまでしてヒントを頂いたのに・・・又してもトホホ。

神アナウンサーの心中は如何に？

これにて、私は騙され易い人間ということがわかった次第。二つしか出来なかった。私はまだいい方で、カット髪の彼女は一つ。港町ブルースは、騙されたようだ。大森さんは三つ。最後は出来たのか？

ズル騙され女３人。

男性は、さすがに騙されにくかった。九つ出来ていた。すっごく残念がっていた。

刺激的な時間から解放されたのはいいが、このスポンサーが忘れもしないモップの「ツクバホーキー」。お掃除製品のメーカー。

八つ騙されたご褒美は「モップ」――柄の長いヤツである。

ホッとして、今頃気付いたのだが、その日の大阪は暑く、着慣れない着物。着くずれしないようにギューと締めに締めた帯。見た目は涼しい井桁模様のウール地の着物。

ンギャー――もう、拷問ものだ。暑いが、どうすることもできない。大阪の、油を引いたフライパンのような暑さのことだよ。パァー―と脱ぎ捨ててしまいたいと、何度思ったことだろう。

大森さんは、大阪城見物とかで、別れる。そう言えば、あの大森さんが、〝港町ブルース〟のことに、一切、触れないことに気付いた。という事は？？？　×だったのか？　それとも・・・・気をつかわせているのだろうか、×組の私達に・・・・・

一人で、新幹線に乗る。

賞品のモップをお伴に連れて。モフモフした方は歩くのに邪魔くさいので上の方にして立てて持つ。

着物姿にモップ。たすき掛けでもしたいくらい。他の人の目が気になったが、平気な顔を貼り付け、背筋を伸ばして、プラス一つ、モップという拷問が加わった。

翌日、勤務についた。「おはよう。」を言い終えるか否か、例のS先生がちょっと恐い顔して、手に何か紙片を持ち近付きざま「マリ、二つしか出来なかったじゃないか」と、その紙片をヌッと目の前に。何とそのメモたるや〝その手にのるナ!!〟の1～10の設問と解答の〇×と、私の成績とがきれいに〇×で記されているではないか・・・・・

ちょっと気圧され、引いてしまう。

えーッ、驚いたの何のって!!　たかが、クイズなのに。

ビデオなるものはまだ存在しておらず、昨夕、急患もなく、居合わせたスタッフでそのテレビを見たという。

同僚は、出来よりもやはり着物に話題が。ジーパンと云々言ったことなど忘れ、「着物よかったよ。」と言ってくれた。（内心、ありがとッ、いろいろあったんだけど、それは、着物に悪いし、野暮だからね。）

ここまでは、〝おばかやってるね〟で済んできたが、恐ろしいことに、伏線が引かれていたのだ。前《さき》に書いたいよいよ大阪行きの案内が来て、ヒッケの私は出演したくないばっかりに、いろいろ口実を考え、列挙した。その中に〝病気で入院した〟というものが入っていたのを覚えているだろうか。

――暑い大阪に、初めての着物、きつい帯、着物で走り、こだまに乗り損ね、気疲れ、帰りの新幹線でのモップは恥ずかしかった。

到頭、高熱発症。入院。ここ《（勤務病院）》の個室。と、オチまで付いて〇二つを貰うための、散々の日々であった。確率から言えば、80％その手にのってしまった。その80％を大切にしたい。

そんな入院中、ひょっこりお見舞いに来てくれたS先生。その腕には（手ではない）バナナが。それも、バナナのたたき売りで売っているような大きな房が、しかも二つ。

○×のメモを持ったちょっと恐い目なんかではなく、大きな身体を小さくして、照れくさそうに置くと「また来る。」と言ってすぐ出て行ってしまった。

そのS先生も、その後、台湾に帰られて、剛健そのものに見えたのに、亡くなられたと聞いた。

ありがとうございました。ご冥福をお祈り致します。

兄ちゃん、着物を拵えてくれてありがとう。

今も、大事にしています。
虫干しもしています。
新幹線の切符もありがとう

どこまでいっても気付けない、回し車に乗り続ける。
ダウンして、はじめて降りられた。
それでも、その手にのっていることに、気付けない、そんなおばかさんが、かわいい。

そして私ね、決めたことがあるんだ。
「兄ちゃん、私、この着物、着て逝くよ。今度こそ、あちこち眺めながら。道草食いながら。あの歌でも口ずさみながらね。」

この方、どなた！

この度、本を出させて頂く運びと相成り、そんな中、考えもしなかった申し出？を受け、仲間入りを果たしました。

なんと夫から「俺のこと、書いていいよ。」と驚きの発言があったからです。人生の時間もチラとかすめ、今を置いてないと決断を迫られる思いで、自分の中の自分にコクリと首をたてに振った次第です。

近所の女の子、えっちゃんが「ひろおちゃんは今朝も、お寺でもないのにブツブツブツブツお経を唱えながら、幼稚園（ひまわり幼稚園）に行ったよ。」と言っていたという。このお経とは「神武―綏靖《スイゼイ》―安寧―懿徳《イトク》―孝昭――――――………昭和」まで一二四代の天皇系図を諳じていたものだったのである。

仏壇のバナナ欲しさに暗誦していたのである。その頃のバナナは高級品だった。お饅頭もあった。

「祇園精舎の鐘の声、諸行無常の響きあり。ハイ、ひろおや、後をついて言ってごらん。声が小さいッ。そうそ、その調子。ハイ、バナナ。」おばあさまから、古典の薫陶を受けていた。5歳の時からだそうである。

今年になって、つまり、64年振りに、数枚のレポート用紙がヒョコリ出てきた。鉛筆で書かれた、小さな文字がびっしり。

そうそ、若い頃ガタイに反比例して、やはり小さな文字たちが整然と並ぶ様を、意外に思いカワイクってオカシクってクスッと笑った。例の用紙に書かれていたもの。驚愕に値する。なんと、小5、11歳で書かれた、「源氏物語」各巻の感想文だ。こんな具合に、「帝寵《ていちょう》を競い合うことにならないか不安に思う・・」と。私など、少女雑誌の、「高橋真琴」先生のバレリーナ物語、「楳図《うめず》かずお」の「口が耳までさける時」

の漫画に夢中だった。比ぶべくもなし。

気を取り直し、訊いた。「男女の色恋がわかったの?」「わかったよ。」

話変わって、〝釧路湿原〟での「かくれんぼ」の、話。何度きいても、笑ってしまう。大好きだ。親からは、行ってはいけないと言われている谷地《やち》といわれている、足許が沈む所で〝かくれんぼ〟を。これはいただけないが、今だから許そう。

隠れる方も鬼も、大変なだけに面白かろう。なかなか見つけられずに、到頭、大きな太陽も心を残すかの様にユラユラ揺れながら沈みかける。葦を掻き分けててんでんバラバラ帰る。かくれんぼは、どうなったかって?

実は、就寝中も続いていたことがわかる。次の朝、学校に行って、「見ィ～つけたッ。」

時は移り、文字通りの刀の如くピカピカ光る秋刀魚他、あらゆる海の幸を食べ、牛肉を食べた身体は、立派に成長しアイスホッケーへと向かってゆく。高校時代は、アイスホッケーの選手だった。

女の子にはキャーキャー言われたらしい。女の子からの手作り弁当が多い時は、十個位あったという。本人は食べないで後輩にあげていたという。


家族となって、実業団のアイスホッケーの試合を十条製紙のリンクで観戦した。その出で立ちから、もう、キーンと耳鳴り状態の非日常の世界へ引き摺り込まれた。儀式？　が始まったかと思う間もなく私の魂は根こそぎ持っていかれた。スティックをぶつけ合う乾いた音。雄叫びを上げながらグルグル回る。人間とは思えぬ原始が発した地底からの鳴動を連れた声は、私を動けなくした。シュートは速すぎてパックなど見えない。時速130㎞とも150㎞とも200㎞を出す選手もいるとか。ゴールネットにランプが点く。スピードをつけた塊がぶつかり合い、はじき飛ばされ、あっちでもこっちでも小競り合いが始まり、喧嘩としか見えない。

ああ、とても親なんか見ていられない競技だ。

冬休みになって、子どもたちを連れてスケート場へ行くようになり、夫の滑りを目の当たりにすることになるのだが・・・私はといえば、恥ずかしさもかなぐり捨て手擦り磨きから、３mばかり歩けるようになったところ。いつの間にか舞い戻った夫、「ペンギンのヨチヨチ歩き」と笑う。そしてすぐ消える。きっと華やかにどこで滑ってるん？　何処？　何処？　リンクの際《きわ》を黒い物体となって、しかも後ろ向き（バック）で滑ってる者あり。一周アッという間にやりのけている。私の思い描いていた「華やかさ」は、吹っ飛んだ。そんな、滑りをやらかすものだから、居合わせた子ども達からすっかりスタッフと間違えられたか、「教えて、教えて。」とせがまれている。我が子たちは、その喧騒をよそに離れ小島となって、他の本当のスタッフに教えてもらっている。

ちょっとだけ回り道して私の部屋にもどうぞ。笑われるかもしれないが、人生のどん底に落ちた。20代も翳りが見えてきた頃。

恋を失い、病を得た。――後先考えぬ行き当たりばったりの今までだったことを思い知る。けれど、性格は変えられず、又もや夢想している。アパート生活だったが新聞は朝刊だけ取っていた。ある日、畳に新聞を広げていると、1行の小さな広告記事が目に止まった。人生の歯車がきしみながらも、まわり始めた瞬間だった。

既に、その頃、余暇は、シナリオセンターに通い、宿題を披露しあい、赤っ恥をかくことも多かったが勉強になった。例えばこんな具合。お題「競馬」〝競馬〟など見たこともないしスマホもない時代。スタートをどう書いたか？　運動会よろしくピストルの合図で・・・と発表したら、「馬がびっくりして暴走しちゃうよ。」と中年の男の生徒。続けて「フラッグ、旗だよ！」と。皆に笑われた。最後にその人は「今度、連れてってやるよ。」それは果たされない約束だった。

新聞広告は、「どうなったか？」って？　ス、スミマセン。それは、「作詞教室」へのお誘いでした。何で又、作詞？　と思われるでしょうが、シナリオは商業ベースに乗って依頼を受けて書くことが多い世界だ。主にテレビなど。勿論、オリジナルもある。一本の作品を大勢で書くこともある。

又、緊急依頼を受ければ一晩で書き上げなければならないことも。身体の弱いこともあり、あれやこれや考えて、作詞の方が楽かもしれない、など罰当たりの考えがかすめたんです。楽な道などあるはずはありません!! とお叱りの言葉が聞こえる。

シナリオライターになるべく、傾倒していたのは確かなんです。でも、何もひとつに限らなくても、勉強する分には構わないよね。興味があったのは嘘じゃありません。

そんなこんなで、恐る恐る首を突っ込みました。合宿にも参加しました。

驚いたことに錚々たる顔ぶれもいらしていて、エレベーターの中では〝なかにし礼〟さんと二人切りになったし、中山大三郎さん、他にお顔は存じ上げなかったけれどお名前は拝見していた方々です。

熱気にあふれていました。男性の方など、明日の作詞家めざして鬼気迫るものがありました。

気の合った同士で、おしゃべりをしていると、〝西沢爽先生〟がお付きの方とお姿を現わして、物を言われたのです。私は、初めてお目にかかりましたが。そのお言葉に、我が耳を疑いました。

「雨宮（旧姓）は、シナリオと、作詞と、どっちをやるんだ!?」

心の声（「えっ、どうしてシナリオやってること知ってるの？」）

応えを促すような強いものを感じると同時に、作詞界の大御所を目の前にして、シナリオを・・・と言えるはずもなく、小さな声で、「作詞の方を・・」と言わされていた？

「今度の日曜日、ある所に行くように。連れて行ってくれる人がいるから。」と、何のことやらわからずにポカンとしている。

その後、中年の方がいらして、「東小金井駅に1時。」と。

その日曜日、参りました。東小金井駅に。中年の方でした。

歩き出すその方の後を、テクテクテクテク歩く。一言も話さないで。舗装はされてなくて、少し埃っぽい。

住宅地のようだが、所々に畑もあり、高い建物はない。すごく歩いたと思ったが、後に通うようになってわかったが15分位だ。

立派なお屋敷に着く。「星野」とある表札。ここで初めて、あの作詞家の「星野哲郎」先生のお宅と知る。勝手口の方に回る。

お池のある手入れされた広いお庭を突っ切ると、こぢんまりとした平屋に着く。そこは茶室だそうだ。

既に何人かの方々が、その勉強会に集《つど》っていた。原稿を持ち寄って、互いに批評しあう。上席の指導者、今は亡き〝宇山清太郎〟先生は、手厳しいことで恐れられていた。

そこは、「桜澄舎」といわれている星野哲郎先生主宰の会である。神聖な場所として、男性でも胡座をかいてはいけないとされている。

ありがたいことに、末席に加えさせて頂きました。

所変わって、ここは、豊島区立保育園。

私は、0《ゼロ》歳児室で、かわいい赤ちゃんを相手に幸せな時間を過ごさせて頂いておりました。「先生、先生〜〜」と息せき切ってケンちゃんのお母さん。何ごとかと思ったら、「面白い歌が出たんですよ〜。このドーナツ盤かけてみて下さい。お貸ししますから。」と言うが早いか立ち去った。ふだん、こんなことはありません。押し付けられるように受け取ったかわいい、赤いドーナツ盤を早速かけてみた。「まいにち〜まいにち〜」と始まったその歌に、いっぺんに虜になりました。

そして、こんなことは初めてなんですが、その長い長い歌詞を鉛筆でメモに大急ぎで書き留めたのです。

〝およげ！　たいやきくん〟

泣いている児がいると、これをかけるとピタリと泣き止んだのでした。大分、助かった思い出があります。平凡な中にも、ちょっとした事件でした。

私は相変わらず、毎日曜日には桜澄舎に通ってましたが、作詞のむずかしさを知り、自分にはその才能はないと気付き始めたところでした――おくびにも出せませんでしたが。

それでも、〝日本作詞大賞〟（テレビ東京、徳光和夫アナ）新人賞第3位入賞した。その表彰式に出るようにと上席の〝古野哲哉〟先生に言われた。「テレビに出ることになる。」と、「えっ、テレビに出るんですか？　絶対ダメダメ、出ません！　出ません！」とお断りした。ここでも、甲州弁でいうところの「ひっけ」が出てしまう。引っ込み思案のことである。当然、これにて御仕舞いと思っていた。なんと、表彰式には古野先生が代理で出られたことを、後日の会で知ることとなった。

私の名前の刻印された表彰盾を手渡された。先生には申し訳ないことを致しました。私は・・・益々、自信が持てなくなりました。こんな私の、作るものが表彰される訳がないと。

後に、作詞の筆を、決定的に折る、その時はまもなく近付いてきておりました。

ある年の1月23日、日曜日、桜澄舎の日。その日も、いつものように会は進んだ。

そこへ、誰か入ってきた。二人連れの男。宇山先生あたりと目礼をしたかと思うとドッカと座った。目を疑った。
何とこの神聖なる場所に、裸足で胡座。夏でもないのに裸足。冬の盛りである。連れの男はといえば、坊さんの様な風情で脇に座し、ただ、黙って動かない。

そして、そんな男が来たのに、いつもはおっかない宇山先生が、何も言わない。
他の人達も、何か様子が違う。皆黙り、何かこの男に押されている。
ウゥーン、時が止まったようだ。
誰か、この男に何とか言って！　半分祈る？
――なにせ私は一番下っ端の新人の身。
鳩尾あたりが落ち着かない。
と、
「この方、どなた！」
迷いのないその言葉。どこからか、不意に塊となって、飛んできた。一体だれ？

どうやら、我が唇から飛び出た台詞のようですね。自分の与り知らぬ行動？　※△#∞!!　頭と身体が分離しちゃったんです。

言葉の夢遊病者になっていた。


ところが、待てど暮らせどだあれも声を発しない。戸惑ったのは雀のような私だ。急ブレーキをかけられたように、つんのめる。その急ブレーキは絹糸を吐き、適当なところに引っ掛け、ピィ――ンと張る。

確かに、空気が物理的に緻密になった。壁際に後退《あとずさ》っていた宇山先生が、

「およげ！　たいやきくんの・・・」と名までは言わず、その役目を果たす。私、

「えっ」の口の形で絶句。

今、まさに、巷では毎日、「まいにちィまいにちィ〜ぼくらはてっぱんの〜」

子門真人の喉が席巻している。近年ではないことだそうだが3年もの間毎日毎日流れていたものだ。その作詞者が、「高田ひろお」

飛ぶ鳥を落とす勢いの人物が唐突に裸足で現れたのだ。――彼は26歳の折、〝ひらけ！　ポンキッキ〟のプローデューサー野田宏一郎氏が、「今迄にない童謡を探している」と言われ、その人をして、見い出されたそうである――。

続けよう。

「えーーッマズッタかも。早く言ってくれればいいのに〜〜〜」後の祭りである。耳が遠くなってゆく。私は、どうしたらいいのか。

中学の理科の授業で見た、真空の筒の中にすっぽり入り込んでいた。

私以外の、他のみんなは知っていたのだ・・。後に知ることになるのだが、彼も桜澄舎の人間で、久し振りに顔を出したということだ。居心地悪いったらない。５㎝位空中浮揚しているかもしれない。

件の人物が動いた。どこにゆくのかと思えば私の脇で止まる。困る。困る。

次の瞬間、あろうことか、私の手を握る。それも両の手を包み込む。

輪になっているみんなの前で、平然とやる。すぐ、離すかと思えば、なかなか離さない。ヤダー、恥ずかしい恥ずかしい。

すっかり縮こまった。そう、私は雀だったのだ。

帰ろうと、部屋を出ると、飛び石を渡る雪駄が追い付いて、物を言う。「電話、ある?」「ないッ。」「あることは知っている。○○に聞いた。」

作詞をきっぱり止めたのは、その男の黒いケースの作品群を見たからだ。

やっぱりね。月とスッポンどころか、宇宙の彼方の星と比ぶべくもない目に見えない位のごみぐらいの違いだ。圧倒された。

止める理由が、この黒いケースの中に仕舞われていたとは・・・

いっぱい泣いた後のような、清々しい気持ちだ。

お気付きだろうか、幼い頃から古典に親しみ、11歳で源氏物語の感想文を書いた御仁だ。

数年後、黙って、住む家を探してきて、「廊下の床、穴が空いていて、抜けるかもしれないがそれでもいいか？」と問う。

本当かと思っていたので、何でもなかったので単純に「良かった。」

丁度、そんな折、仕事で、あの往年のロカビリースター、〝山下敬次郎さん〟が、古びた我が家に、ギターを抱えてやって来られました。仕事が済んで、ホッとしたそんな時間。

何と、ひろおさんてば、〝婚姻届の保証人〟になってくれないかと、照れながら、ちょっと紅くなりながら、お願いしているではないか。敬次郎さんは、笑顔で「いいですよ。」と快諾して下さった。

届には押印の欄がある。ギターは持ち歩いても印鑑までは・・・幸い、２軒先には文房具屋がある。――話がまとまり？――私、文房具屋まで走る。

無事、敬次郎さんの手で、その判子は押されました。めでたし　めでたし。

まだ、おまけがありました。

その判子を下さるというのです。押し頂いたことはいうまでもありません。

今、その判子、2階に上がって、貴重品袋から取り出してきて、手許にあります。がま口の留金のようなケースの口を力の入れ具合を加減しながら開けました。

㊦なんと素直な。額のあたりが明るい判子。敬称を付けたい位だ。

ケースには、細書きのマジックの字もクッキリと、「S・57・5・24　婚姻届に、保証人として、山下敬二郎（本名）氏押印」とある。すんごい宝物の三文判なんです。

ジグソーパズルの最後のピースが埋まったようです。身体の芯からほんわか、うれしさがこみ上げてまいります。

お陰様で、二人の息子に恵まれ、現在《いま》は、4人の孫たちとかけがえのない時間を過ごさせて頂いております。

どうか、天に召します敬次郎さま
あの、ギターの音《ね》と、よく通るお声、ジーンズのお姿は忘れません。
あたたかく、見守ってください。合掌

その日から5年ばかり経った頃、〝桜澄舎〟での出会いの話になった。

「『この方、どなた！』と言われたとき、『俺、こいつと一緒になるな』と思ったんだ。」

「私はね、部屋に入って来たとき、『マズ〜イ』と思ったの。家《ウチ》の家系だ！　と思った。目が母に似てると思った。」

初めて、告白し合う。

この作品はフィクションです。
実在する場所、人物、団体とは一切関係ありません。

著者プロフィール

甲本 麻梨（こうもと まり）

山梨県出身、千葉県在住
①あったらいいなチョイ発明家（一般社団法人発明学会会員）
・特許取得（メガネ曇らへ～んわマスク）
・2022　東京ビッグサイトにて陳列―「体温計：ピピッが聴こえません！を解決」現在、更にバージョンアップ中。フィギュアのウサギさんを付け可愛い仕様にした。
②「名を名乗れ」カバー絵を描く
・元新洋画会会員（都知事賞、他受賞）
③マリモ飼育中
・直径５mm→現在17mm（17年間で）
・水替え時、剥がれた微少片から２年で２mm成長

名を名乗れ

2023年５月15日　初版第１刷発行

著　者　甲本 麻梨
発行者　瓜谷 綱延
発行所　株式会社文芸社
〒160-0022　東京都新宿区新宿１－10－１
電話　03-5369-3060（代表）
03-5369-2299（販売）

印刷所　株式会社暁印刷

©KOMOTO Mari 2023 Printed in Japan
乱丁本・落丁本はお手数ですが小社販売部宛にお送りください。

送料小社負担にてお取り替えいたします。

本書の一部、あるいは全部を無断で複写・複製・転載・放映、データ配信することは、法律で認められた場合を除き、著作権の侵害となります。

ISBN978-4-286-30128-0　　JASRAC　出2301357－301